安潔拉・卡特

美國鬼魂與舊世界奇觀

嚴韻 譯

Angela Carter

American Ghosts and Old World Wonders

〈莉茲的老虎〉的先前版本曾於一九八一年九月在《四海為家》(*Cosmopolitan*)以及英國國家廣播電台第四頻道(Radio Four)發表；〈約翰．福特之《可惜她是娼婦》〉原發表於《格藍塔》(*Granta*, Autumn 1988)第二十五期；〈魔鬼的槍〉原為電影腳本之草稿；〈影子商人〉曾刊登於一九八九年十月之《倫敦書評》(*London Review of Books*)；〈愛麗絲在布拉格，又名：奇妙房間〉原刊於*SPELL*(Swiss Papers in English Language and Literature, vol 5, 1990)；〈在雜劇國度〉原刊於《衛報》(*Guardian*, December 1991)；〈掃灰娘，又名：母親的鬼魂〉首度發表於《潑婦版鬼故事》(*Virago Book of Ghost Stories*, Virago, 1987)，一個較短的版本則是發表在《蘇活廣場》(*Soho Square*)；某個版本的〈印象：萊斯曼的抹大拉〉原發表於一九九二年二月的FMR雜誌。〈鬼船〉同以上八篇集結出版成《美國鬼魂與舊世界奇觀》(Chatto & Windus, 1993)，一九九五年重新收錄於《焚舟紀》(*Burning Your Boats*, New York: Penguin Books.)。

目錄

莉茲的老虎

當馬戲團來到鎮上、莉茲看到老虎時，他們家還住在渡船街，日子過得很苦。那是父親監督下家裡最嚴格慳吝的時期，每個人都知道存起第一個一千元是最困難的，那些鈔票繁殖得好慢、好慢，儘管他不時兼差巧取豪奪，刺激那些現金生殖得更快一點。再過十年，南北戰爭將使棺材製造業大發利市，但在五〇年代當時，唔——若他是個習慣祈禱的人，一定會跪下祈求來一小場夏季霍亂，或者來一點，只要一點點，傷寒。讓他懊惱的是，他埋葬自己妻子時找不到別人來付帳單。

那時候，兩個女孩才剛失去母親。艾瑪十三，莉茲四歲——結結實實方方正正，長方形的矮胖小孩。艾瑪將莉茲頭髮中分往後梳開，緊緊綁成辮子，露出她突出的前額。艾瑪替她穿衣，替她脫衣，早晚拿沾濕的法蘭絨布為她擦洗，還把這又大又重的小女孩背著到處走，只要莉茲肯讓她背。莉茲不是個喜怒形於色的小孩，不容易跟人親近，只對一家之主例外，而且只在有所求的時候。她知道權力何在，而且儘管其貌不揚，她的女性本能仍懂得向權力獻殷勤。

渡輪街上的那棟小屋——好吧，那裡是貧民區，但葬儀社老闆不以為意繼續過活，四周全是死去婚姻的僵硬傢飾。如果上了蜂蠟出現在新近的古董店，他那些零零碎碎小玩意到今日會備受喜愛，但當時那些東西純粹是非常落伍，時間只會讓它們更加落伍，因此那棟他從不整修的小屋室內難看礙眼，護牆板腐蝕、油漆損壞、帶有腦漿般棕色紋路的深色壁紙長了黴、四壁頂端一圈不祥的猩紅。屋裡，兩姊妹睡在同一間房、同一張節儉的床上。

渡輪街是鎮上最糟的一區，住著那些剛下船不久的葡萄牙人，他們戴耳環，深色皮膚，一口白牙，說話沒人聽得懂，飄洋過海來紡織廠工作，工廠新建起的煙囪擋住四面八方；每年都有更多煙囪，更多黑煙，更多新來的人，汽笛聲斷然專橫地召喚眾人上工，一如以往教堂鐘聲召喚眾人祈禱。

渡輪街這棟簡陋房屋立在(或者該說像貪杯之人歪歪倒倒靠在)一條與另一條窄街成斜角交叉的窄街上，這裡的老舊木造房屋看似一罐打翻的破碎薑餅屋東倒西歪，鉸鍊快脫落的窗扇懸垂，窗戶塞滿舊報紙，圍籬柵欄缺了牙，人們以聽不懂的語言吵架，還有從小就只認得狗鍊半徑範圍的狗在嗥叫。起居室窗外什麼也沒有，只看得到一排排冒牌房屋，以前有時會發出尖叫。

兩個女孩的童年就建立在如此不安的架構上。

夜裡有隻手來，把一張虎頭海報貼在圍籬柵欄上。莉茲一看見海報，就吵著要去看馬戲團，但艾瑪沒有錢，一分錢也沒。這十三歲女孩整天忙家事，前一個小女傭剛辭職，主僕雙方惡言相向。每天早上，父親算妥當天開銷，把錢交給艾瑪，一毛也不多。看到圍籬上那張海報他很生氣，認為馬戲團應該付他租金。晚上他帶著滿身甜甜的防腐液氣味回家，看見那張海報，氣得臉色發紫，一把扯下撕個粉碎。

然後到了晚餐時間。艾瑪不太會做菜，父親排除了再請一個費錢的小女僕的可能(除非有瘟疫來襲)，不過已經開始考量再婚的經濟性；當艾瑪端上裡面還半透明沒煮熟的大塊鱈魚、重新熱過的咖啡和一條潮潮冷冷的現成麵包，他幾乎因此有了找對象的心情，但這可不是說這頓飯改善了他的情緒。因此，當講話漏風的小女兒像小貓一樣爬上他的腿，小手指捲纏著他的砲銅錶鍊，向他討零錢去看馬戲團時，換來了一頓罵。他很少這樣兇她，因為他真的很愛這個小女兒，她的執拗跟他很像。

艾瑪生疏笨拙地縫補一隻襪子。

「把這小孩趕上床去，免得我發脾氣！」

艾瑪丟下襪子一把抱走莉茲，莉茲的嘴巴撇成氣憤倔強的線條。這方下巴的小東西被放在窸窸窣窣的稻草床墊上——燕麥稻草，最軟也最便宜——就這麼坐在那兒不動，瞪著一道陽光裡的灰塵，滿心怨恨。時值潮濕的仲夏，現在才六點，外面還是明亮的白晝。

這小孩具有鋼鐵般的決心。她伸腳踩在她們用來爬上爬下床的凳子上，接著下到地面。為了通風，廚房門沒關，只關外面的紗門。起居室傳來艾瑪低聲喃喃，她正在唸《天意日報》給父親聽。

隔壁那隻餓扁的瘦狗衝向圍籬瘋狂大叫，掩蓋了莉茲靴子踩在後門廊上的吱嘎。神不知鬼不覺中，她走了——走得遠遠的！——邁著短腿沿渡輪街走下去，自立自強、專心一意的臉頰透著粉紅。她不肯被拒絕。馬戲團！這詞在她腦袋裡叮噹發出一聲紅色聲響，彷彿代表俗世教堂。

「那是老虎。」先前她們手牽著手研究圍籬上那張海報時，艾瑪告訴她。

「老虎是種大貓。」艾瑪又很有教育性地加了一句。

「多大的貓？」

非常大的貓。

莉茲沿著渡輪街堅定走去，一隻矮胖普通的紅條紋小型家貓在一戶門柱上對她大聲喵了一句招呼；那是我們的貓「紅毛」，艾瑪多愁善感情緒(預示她未來漫長的老處女生涯)小小發作時，有時會叫牠「紅毛小姐」，甚至「紅毛親親小姐」。然而莉茲堅決不理紅毛親親小姐，紅毛親親小姐偷偷跟上，伸出一隻腳彷彿想攔住自顧自走過的莉茲，彷彿建議她重新考慮一下這項逃家舉動。儘管莉茲一步步穩穩往前走看似胸有成竹，但她根本不知道馬戲團在哪，若不是一群七嘴八舌的愛爾蘭小孩幫忙，她自己是絕對找不到的。那群衣衫襤褸的小孩來自科基巷，身旁恰好有一隻品種不明的黑黃瘦狗汪汪吠叫，這跟紅毛親親小姐未免太不對路，牠當場撒手不管了。

這隻四處為家、一副悠閒笑臉的狗喜歡上莉茲，高興得直叫，繞著這個身穿白色小圍裙努力前進的小孩轉。莉茲伸手拍拍牠的頭，她是個天不怕地不怕的小孩。

那票小孩看見她摸了他們的狗，也喜歡上她，理由就跟烏鴉選擇棲息在某棵特定樹上是一樣的。微笑的野孩子圍繞住她。「要去看馬戲團，是不是？去看小丑和跳舞的女士？」莉茲對小丑和舞者一無所知，但她點點頭，於是一個小男孩牽住她一隻手，另一個小男孩牽住她另一隻手，一左一右夾著她往前跑。不久他們看出她的小短腿跟不上他們的步調，因此十歲男孩將她扛上肩頭，她坐在那兒一副君臨天下模樣。不久他們便來到鎮邊緣的一片空地。

「看到那大帳篷了沒？」一座大得幾乎無法想像的紅白條紋帳篷，裡面簡直塞得下她整個家加院子，還有足夠空間再塞一棟、兩棟屋子——巨大的紅白條紋帳篷，外面火堆霹啪啪燒著石腦油，還有各式各樣其他帳篷、亭棚和攤子散佈在整片空地。但最令她印象深刻的還是這裡的人之多，好像整個鎮的人今晚都來了；但仔細看看人群，完全沒有一個長相類似她、或她父親、或艾瑪，完全沒有新英格蘭式的油燈下巴和冰藍眼睛。

置身在這些陌生人之間，她也成了陌生人，因為這裡全是紡織廠引來鎮上的人，有著不一樣的臉孔。豐潤、粉紅臉頰的蘭開郡工人，紮著鮮紅領巾；神色嚴肅的法裔加拿大人，置身歡樂中也不改典型鬱悶；還有笑得露出一口白牙的葡萄牙人，懂得享樂，笑聲隨他們那聽來令人微醺的語言一同流洩。

「到啦！」她的偶遇同伴宣布，把她放下，感覺已經盡責完成這自找的任務，便蹦蹦跳跳跑入人群，也許計畫偷偷鑽進帳篷免費看表演，或者甚至扒它一兩個口袋錦上添花，誰知道呢？

上方的天空如今出現一日將盡的融化般色調，是這些史無前例的工業城鎮獨有的那種染了煙灰的華麗日落，在蒸汽時代到來之前這世界從不曾見過。是蒸汽推動了工廠，讓我們全變得現代。

日落時分，新英格蘭嚴肅明亮無比的天光染上一層紀念碑似的、羅馬式的感官之美；在這嚴格卻又淫逸的天空下，莉茲忘我地投入種種不曾聞過的氣味、從沒聽過的聲響——甜甜圈炸鍋裡的熱油，馬糞，煮糖，炸洋蔥，爆米花，新翻過的土地，嘔吐物，汗水，攤販叫賣，射擊場的來福槍聲，塗白臉的小丑彈著班究琴唱歌，一旁小舞台上有個穿粉紅緊身衣的女人跳舞。這一切太多了，多得讓莉茲無法一下子吸收，多得讓莉茲根本無法吸收——這感官饗宴太豐盛了，使她有點失神，頭昏眼花，感覺暈眩，被一種深沈的陌異籠罩。

她小得讓人注意不到，被人群捲走，在麻木的鞋子和襯裙間擠來擠去，離地面太近，其他什麼都看不清。她用抽動的鼻子、豎直的耳朵、發熱的皮膚吸入這一片忙亂嘈雜，興奮得臉頰開始出現她特有的那種發紅色彩，就像家裡聖經內頁的大理石花紋。她發現自己被人潮掃到一張賣木桶裝蘋果酒的長桌旁。白桌布浸了灑出來的酒，又濕又黏，發出一種金屬般的昏暈甜味。一名老婦將錫杯湊上木桶的水龍頭，一杯杯注滿，然後收錢拋進一口滿是硬幣的錫盒——嘩啦，叮，噹。莉茲緊抓桌子，以免再度被捲走。嘩啦，叮，噹。生意很好，所以老婦根本不拴上水龍頭，蘋果酒唏哩嘩啦從桌子另一端淌到地上。

這時莉茲起了壞心眼，縮身鑽進桌布下，躲進充滿迴響的黑暗，蹲在被壓扁的泥濘草地，神不知鬼不覺伸出雙手等在水龍頭斷斷續續的水流下，直到掬滿一捧，舔光手裡的酒，然後咂咂嘴唇。掬滿，舔光，咂嘴唇。就在她忙著偷喝美酒時，忽然感覺有個顫動的活物湊上她脖子，正挨上髮辮分線那處敏感的皮膚，差點嚇得她魂飛魄散。某樣親密而潮濕的東西好奇地拱著她頸背。

她扭過頭，面對面湊在眼前的是一隻憂鬱小豬，正經套著一圈有點髒的古裝蓬蓬領。她有禮地掬了一捧蘋果酒，請這位新朋友喝，小豬喝得津津有味，豬唇濕濕顫顫湊在掌心那奇特的觸感令她忍不住扭動身體。小豬喝完了，抬起粉紅色的口鼻，小步從桌後跑出去。

莉茲毫不猶豫，跟著小豬跑過蘋果酒小販泛著鱈魚乾味的裙子。小豬尾巴消失在攤子後一輛推車下，推車上是更多桶還沒開的酒。追著那隻吸引人的小豬，莉茲發現自己忽然又跑到了空曠處，但這一次面對的是來得突兀的漆黑與沈默。她從馬戲團邊緣的洞鑽了出來，而黑暗，在她先前躲在桌下的時候，已聚成一大團形成夜晚；她身後是燈光，但這裡只有影影綽綽的低矮草木，不時搖動，偶爾一聲夜鳥鳴叫。

小豬停下來用鼻子拱土，但莉茲伸出手想摸牠時，牠卻一搖頭甩開蓋著眼睛的耳朵，拔腿迅速跑向鄉野。然而她只失望了短短一下，注意力立刻被其他事物吸引，因為有個男人背對燈光站在那裡，身體稍稍前傾。蘋果酒桶水龍頭的聲響再度出現。他摸索著褲子前襠，轉過身來絆到了莉茲，因為他腳步有些不穩，而暗影中的她又很難看見。他彎下腰握住她肩膀。

「小孩。」他說著打個大嗝，一陣酸味朝她臉撲來。他搖搖晃晃在她身旁蹲下，兩人變得一般高。這裡實在太暗，她只看得見他蒼白半月般的微笑，以及上方依稀一抹鬍鬚。

「小女孩。」仔細看過之後，他更正自己。他說話不像普通人，他不是這一帶的人。他又打了個大嗝，再次拉扯褲子。他牢牢握住她右手，溫柔拉到他蹲踞的雙腿之間。

「小女孩，妳知道這是做什麼用的嗎？」

她摸到鈕釦，嗶嘰布，然後是毛毛的東西，然後是潮濕移動的東西。她並不介意。他按著她的手，讓她搓揉了一兩分鐘，齜牙嘶嘶說道：「親親，小小姐親一下？」

這她可就介意了，執拗地搖頭；她不喜歡父親那又硬又乾無可拒絕的親吻，只看在權力的份上忍受下來。有時艾瑪會閉著嘴輕輕碰她臉頰一下，超過此限莉茲就不許了。看到她搖頭，男人嘆口氣，把她的手從自己胯下移開，輕輕合起她手指，煞有介事地把她的手還給她。

「小費。」他說著從口袋掏出個鎳幣扔給她，然後站起身走掉。莉茲把鎳幣收進圍裙口袋，想了一會兒，也咚咚咚跟在那怪男人後面，走過空地靜定秘密的邊緣，好奇他接下來要做什麼。

現在四周灌木叢裡處處是驚奇，喵喵聲，吱吱聲，窸窣聲，不過怪男人一概不予理會，甚至也沒理會那個從他腳下冒出來的堂皇胖女人，女人龐大如月，赤身裸體，全身上下只有緊身褡、以黑玫瑰吊襪帶固定的黑色長棉襪、以及插著黑羽毛活像隻來亨雞的華麗大帽。女人以一種有很多ㄎ音的語言怒罵喝醉的男人，但他無動於衷繼續往前走，莉茲也跟著溜進去，扭頭朝後好奇瞥了一眼。有記憶以來，她從不曾見過女人赤裸的乳房，而這肥女人朝著逕自走遠的怪男人揮拳叫罵之際，胸前那一對甜瓜晃動得好不誘人；然後女人掰開自己大腿發出啪一聲潮響，再度跪在草地上，底下有某個看不見的東西發出呻吟。

然後一個幾乎不比莉茲高的人，穿得像小打鼓童，一個空翻——頭下腳上——橫越他們的路徑，一邊翻一邊逕自嘀咕什麼。莉茲只來得及看見他儘管個子小，體型卻不太對勁，頭好像被狠狠按進肩膀裡，但他一下子就不見了。

別以為這些會嚇到她。她不是那麼容易嚇到的小孩。

然後他們來到一個帳篷後側，不是那個紅白條紋大帳篷，而是另一個比較小的，怪男人摸索著帳篷的掀門一如先前摸索褲子。這帳篷陣陣傳出鮮紫褐的阿摩尼亞臭味，內有照明，看來像中國燈籠一樣發亮。男人終於解開掀門，走進帳篷，根本不管門沒關好，似乎跟那翻跟斗的侏儒一樣很趕時間；於是她也溜進去，但一進去就找不到他了，因為這裡有好多其他人。

客人走來走去把草全踩光了，地上現在鋪著木屑，已成泥人的莉茲很快就黏了一身。帳篷裡排列著附有車輪的籠子，但她不夠高，看不見籠裡有什麼，然而在四周尋常的人聲嘈雜中，她聽見並非發自人類喉嚨的奇怪叫聲，因此知道自己來對了地方。

她看見她能看見的東西：一對年輕男女手挽著手，男的朝女的耳朵低語，女的咯咯笑；三個咧嘴傻笑、目瞪口呆的年輕人，拿棍子朝欄杆裡戳；一家人依身材高矮順序走下樓梯，一個男人，一個女人，一個男孩，一個女孩，一個男孩，一個女孩，一個男孩，一個女孩，最小的是一個性別不明的嬰孩，抱在女人懷裡。在場還有更多人，但她注意到的就是這些。

令人欲嘔的臭味比夏天的茅房還糟，帳篷裡始終響著野蠻的呼號咆哮，聽來彷彿長了牙齒的大海。

她鑽來鑽去，鑽過裙子、長褲、男生夏天露出的滿是抓痕的腿，最後擠到人群最前面，站在那由高到矮一家人的大兒子身旁，但她就算踮腳還是看不見老虎，只看見車輪和紅金相間的籠底，籠底畫了一個沒穿衣服的女人，跟外面草地上那個很像，不過沒有帽子和長襪，加上一些枝葉，還有鍍金的月亮與星星。那家人的大兒子比她大得多，約莫十二歲，顯然是屬於中下階層，但看來整潔正派，不過全家都帶著紡織廠工人特有的蒼白神色。大哥哥往下一看，看到一個穿髒兮兮圍裙的小小孩，踮著腳努力想往上瞧。

「妳要看大貓嗎，小娃兒？」

莉茲聽不懂他說什麼，但知道他的意思，點頭表示同意。母親的視線越過戴著蕾絲小帽的好寶寶，看著兒子抱起莉茲讓她看個清楚。

「有虱子……」她警告，但兒子不理會。

「妳看，小娃兒！」

老虎來來回回、來來回回踱步，有如撒旦在世上來回踱步，並能熊燃燒。牠燃燒得如此熾亮，簡直將她灼傷。牠的尾巴粗如她父親的手臂，尾尖微微搖動。籠中虎踱得又快又大步，眼睛就像外國的黃色錢幣，一對玩具般無辜的圓耳朵，硬梆梆鬍鬚撇著看似人造，紅色大嘴發出明亮的吼聲。牠來來回回踱步，腳下稻草裡散落著沾血的骨頭。

老虎低著頭，東找西找，但沒人知道牠在找什麼。牠後腿肌肉緊繃有如琴弦嗡嗡作響，所有動作都來自高高翹起的後身，若牠准許的話你簡直可以拿顆彈珠從牠背上滾下，彈珠會順著斜角往下溜，最後滑過圓圓的額頭落在地上。牠是一項動力懸止的奇蹟。牠幾大步來到籠子一頭，行雲流水一個動作轉過身來，沒有任何事物比牠的步伐更快更美。牠全身都是生猛、鮮活、激動的神經，毛皮上印著籠子欄杆的條紋。

她往前靠向那獸，少年緊抓住她，但無法阻止她一雙小手緊緊握住獸籠欄杆，努力掰也掰不開。老虎的神秘步伐走到一半突然停住，注視她，她的喀爾文教派新英格蘭淺藍眼睛與老虎的平扁礦物眼睛震驚相遇。

莉茲覺得，她們之間這冷靜眼神的交流似乎延續了無盡時間，老虎與她。然後發生了一件奇怪的事。柔軟靈活的獸跪了下去，彷彿被小孩的到來震懾，彷彿全世界孩童中只有這個小小孩能帶領牠前往一處安詳國度，讓牠不需再吃肉。但這只是「彷彿」。我們能看到的只是，牠跪下了。帳篷中一陣驚愕，老虎這樣表現太不尋常。

然而，牠的心智仍只受自己管轄。我們不知道牠在想什麼。我們怎能知道？

牠停止咆哮，反而開始發出轟隆隆的低鳴。時間空翻。空間縮減成小孩與虎的相吸力場。全世界只剩莉茲與老虎存在。

然後，哦！然後……牠朝她走來，彷彿她以意志的無形之線將牠拉向自己。我無法用言語向你傳達她有多愛那虎，又覺得牠有多神奇。是她愛的力量迫使牠走向她，跪下，像個悔罪之人。牠淺色腹部拖過骯髒稻草，身體挪向那柔軟小生物指爪緊攀的欄杆，身後是蛇般蜿蜒、尖端搖動不停的長尾巴。

牠鼻上有道皺紋，牠發出嗡嗡隆隆聲，一人一虎始終注視對方，儘管兩者都不知道對方代表什麼。

抱著莉茲的少年害怕了，猛打她的小拳頭，但她不肯放手，無意義的緊握一如新生嬰兒。

啪啦！魔咒打破了。

世界湧進了場子。

鞭子啪啦揮打在肉食的虎頭旁，光彩的英雄跳進籠子，一手揮鞭，另一手拿三腳凳，穿戴淺黃褐長褲、黑靴、綴有金飾釦的鮮紅外套、高帽。他像個旋轉苦行僧，又是揮、又是蹲、又是拿鞭指、又是拿凳子威脅，躍來轉去跳著佯作兇狠的精彩芭蕾，馴虎之舞，而馴獸師根本沒給老虎反抗的機會。

大貓的視線立刻離開莉茲，人立起來，向鞭子佯攻虛擊，就像我們的紅毛貓咪佯攻虛擊用線繩綁著跑的紙片。牠巨掌揮向馴獸師，但鞭子仍繼續使牠困惑、煩躁、苦惱，再加上大聲叫嚷、群眾突然興奮的喊聲、四周混亂不堪的訊息，於是牠順從習慣，順從一輩子的訓練，哀鳴著縮起耳朵，躲開又跳又轉的男人，趴伏在舞台暗暗一角，體側起伏呼氣，一副羞辱屈從的模樣。

莉茲放開欄杆，滿身泥濘地緊攀著保護她的少年，尋求安慰。馴獸師以鞭攻擊老虎震驚了她整個人直至根源，而四歲的她根源離表面很近。

馴獸師最後一次揮鞭，不屑地揮在敵人的鬍鬚旁，使牠龐大的頭伏在地上。然後他一隻穿靴的腳踩著虎頭，清清喉嚨準備開口。他是英雄。他就是老虎，且更甚老虎，因為他是男人。

「各位女士先生，各位小朋友，這頭無可匹敵的老虎人稱孟加拉之禍，短短三個月前才剛從牠原生的叢林活跳跳送來波士頓，現在牠在我要求絕對服從的命令之下，在各位面前表現出溫和順從的樣子。但別讓這野獸騙了。牠本是野獸，也永遠都是野獸。牠被稱為災禍可不是浪得虛名，因為在原來的棲地，牠一口氣吃它一打棕皮膚的異教徒當早餐是小事一樁，然後晚飯再來個兩打！」

群眾又怕又愛地打了個哆嗦。

「這頭老虎，」獸在他說出牠名字時發出討好的嗚聲，「不折不扣是嗜血暴怒的化身；只要一瞬間，牠就能從乖乖聽話的毛球變成三百磅，是的，三百磅的致死暴怒。

「老虎是貓的復仇。」

哦，紅毛小姐，紅毛親親小姐，莉茲經過時牠坐在門柱上發出挑剔的喵聲；誰想得到你心中充滿如此怨恨！

男人壓低聲音，一副透露秘密的口吻，而莉茲儘管如此激動、如此緊張，仍認出他就是她在蘋果酒攤子後面遇到的那人，不過他現在站得直挺挺雄赳赳，帳篷裡沒有半個人想得到他喝了酒。

「我們之間，獸與人之間，相互束縛的關係本質是什麼？讓我告訴各位。是畏懼。畏懼！只有畏懼。你們知道嗎，大貓的馴獸師都深受失眠之苦？你們知道嗎，我們每一夜，一整夜，都在房裡來來回回踱步，根本闔不上眼，只想著哪一天、哪一時、哪一刻這致命的野獸會選擇出擊？

「別以為我不會流血，別以為牠們沒傷過我。在這身衣服下，我滿身疤痕，一道又一道，這個傷口才好，那裡又皮破血流。我身上的皮膚全是疤。而且我永遠都在害怕，永遠，在場上、在籠裡，現在，此時——此時此刻，各位小朋友，各位女士先生，你們眼前看到的是一個為性命擔憂不已的人。

「此時此地，我深怕送命。

「此時此刻，我在這籠子裡，在一個完美的死亡陷阱裡。」

戲劇化的停頓。

「但是，」此時他拿鞭柄一敲老虎的鼻子，虎又痛又怒吼了起來，「但是……」莉茲看見他藏在長褲裡的那隻秘密青蛙動了動，「……但是我怕這隻大野獸還不及牠怕我的一半！」

他大笑一聲，露出紅色大口。

「因為我以理性人類的知識控制牠的殺手本能，我知道恐懼的力量。這鞭子、這凳子是虛張聲勢的工具，我用來在場上製造牠的畏懼。在我的籠子裡，在我的大貓之間，我建立了畏懼的階級，你可以說我是這群大貓的老大，因為我知道牠們隨時都想殺我，那就是牠們的目的、牠們的意圖……但是牠們呢，牠們永遠不知道我下一步可能做什麼。完全不知！」

彷彿著迷於這個念頭，他再度放聲大笑，但此時那虎，或許因為鼻子上意外挨了一下而火大，發出一聲清楚可聞、明顯不滿的轟隆咆哮，輪廓立體的大頭迅速一扭就甩開男人的腳，他猝不及防，幾乎栽倒在地。這時老虎不再是靜物，不再條紋分明界線清晰，而是一抹閃過的黑與紅，血盆大口與犬齒，飛掠空中，撲向他。

群眾立刻嘩叫起來。

但馴獸師以無比的鎮定清醒(尤其考慮到他已經喝醉)以及幾乎不可思議的敏捷身手，往後一跳站起，將拿在左手的東西塞進老虎的嘴，讓牠去啃、去咬，去毀壞那無傷大雅的東西，一個黑衣襤褸的男孩迅速打開籠門，馴獸師在喝采聲中一躍而出，毫髮無傷。

莉茲驚呆的小臉上如今滿是奇特的紫紅斑塊，因為帳篷裡很熱，因為激動，因為突然得到啟蒙。

參觀獸欄帳篷的票不含精彩大貓秀其餘內容，要看得另買一張大帳篷的票。大部分觀眾不太想再買票，因此，儘管馬戲團的人表示節目中會有小丑和跳舞女士，人們不久就看膩了老虎咬爛那把木凳，逐漸散去。

「好啦，小娃兒。」她的保母男孩以歌唱般的甜美呢喃聲對她說。「妳已經看到野獸啦！夢魘的野獸！」

整段表演過程中，戴蕾絲帽的嬰孩一直安詳睡著，但現在開始欠動，喃喃出聲。嬰孩的母親以手肘碰碰丈夫。

「走吧，爸爸？」

話聲呢喃的微笑男孩用桃紅嘴唇在莉茲額上印下道別的一吻，這讓她很受不了，氣沖沖拚命掙扎，大叫著要他放下她。於是她的掩飾破滅了，她衝破了泥巴與沈默的偽裝；還留在帳篷裡看熱鬧的人當中，一半有親戚在她父親手裡慘澹下葬，另一半則欠他錢。她是全秋河最有名的女兒。

「咦，那不是安德魯・波登的小女兒嗎！那些加拿大佬怎麼會跟小莉茲・波登在一起？」

約翰・福特之《可惜她是娼婦》

有個牧場主有兩個孩子，一男然後一女。不久後他妻子死了埋了，墳上插著兩根木棍釘成的十字架，因為沒有時間，還沒有時間，刻墓碑。

她是否死於大草原的寂寞？或者害死她的是苦楚，在這空曠荒地苦楚懷念過

註：約翰・福特(1586-c.1639)，Jacobean時代英國劇作家。悲劇《可惜她是娼婦》出版於一六三三年。「約翰・福特獨自一人意氣消／雙臂交抱戴頂憂鬱帽」(Choice Drollery, 1656)。約翰・福特(1895-1973)，美國導演。電影作品包括：《驛馬車》(1938)、《俠骨柔情》(1946)、《黃巾騎兵隊》(1949)。「我叫約翰・福特。我拍西部電影。」(《約翰・福特》，安德魯・辛克萊，紐約一九七九)。

去有左鄰右舍的緊密溫暖生活？都不是，她死於遼闊天空的壓力，那天空重重壓迫她，壓碎她的肺，直到她再也無法呼吸，彷彿大草原是海底岩床，她在這海洋中溺斃。

她囑咐兒子：「好好照顧妹妹。」他，金髮藍眼，神情嚴肅，小小年紀；他和死神陪她同坐，在那間她丈夫劈砍圓木建成的房裡。死神顴骨高聳，頭髮編辮，祂在這小屋裡的無形存在嘲笑著小屋的存在。大眼睛男孩緊握母親乾枯的手。女孩年紀更小。

然後母親躺進了大草原，胸上壓著整片不仁的天空。孩子們在父親的屋裡生活，長大。閒暇時牧場主刻鑿一塊岩石：「……之愛妻……之母」，上方留著空位，準備刻上他自己的名字。

美洲始於也終於寒冷與孤寂，她北端枕著北極冰雪，南端雙腳伸進冷冽的南大西洋，那裡是居無定所的信天翁的家鄉。在這故事的年代，美洲有著女性的胴體，沙漏形的腰勒緊得斷成兩截，我們在那裡放上一條水道皮帶。美洲，妳有適宜生育的寬臀，胯下一片叢林，隆起的胸脯屬於哺乳的母親，還有冷靜的頭，冷靜的頭。

它的中心弔詭在於：上半截不知道下半截在做什麼。當我說大草原上的這兩個孩子，受青翠乳房的哺育，是純粹的美洲子女，你立刻就知道他們是norteamericanos〔北美人〕，否則我不會用英文來描述他們，英文是他們講的語言，使美洲眾多咿咿呀呀的語言陷入沈默。

兩個孩子金髮藍眼，雀斑寬臉，男孩穿連身背帶褲，小女孩穿棉布連身裙、戴遮陽繫帶帽。在那部老劇作裡，一個約翰·福特叫他們喬凡尼和安娜貝拉；另一個約翰·福特，在電影裡，可能會叫他們強尼和安妮貝兒。

安妮貝兒將會烘烤麵包、擣洗床單、烹調豆子加培根，這朵西部百合花沒時間停下來觀想田野裡那些從不勞動的百合。她當然沒時間。女人的工作永遠做不完，而她很早就長成了女人。

星期天，瘦削的父親會駕輕便單座馬車帶他們進鎮上教堂，他膝上放著黑色聖經，裡面寫著他們的名字和生日。孩子們坐在車內，害羞、大骨架、淡黃頭髮的兒子穿著他最稱頭的深色服裝，安妮貝兒則愈來愈為自己孤單盛開的花容感到驚詫而害羞。十三歲，十四歲。十五歲。她真是愈來愈美了！他們來到會所祈禱，教堂跟他們家一樣是圓木搭建。安妮貝兒垂頭低眼，她是個好女孩。他們是好孩子。鰥夫父親有時喝酒，但喝得不多。孩子們在沈默中，在空曠荒野的龐然沈默中長大，沈默吞沒了週六夜晚小提琴拉的歌曲，譏嘲著偶爾一現於婚禮和受洗禮的歡笑，在牧師的講道周遭遼闊迴響。

沈默和空曠和難以想像的自由，他們不敢想像。

妻子死後，牧場主變得沈默寡言。他們住的地方離鎮上很遠。他沒時間參加穀倉落成派對和教堂聚餐。若她還活著，一切都會不一樣，但現在他把閒暇時間都用來刻鑿她的墓碑。他們不過感恩節，因為他沒有任何東西好感恩。生活非常艱苦。

牧師的妻子推斷安娜貝兒差不多快到月經來潮的年齡，教給了她該知道的事。牧師妻子以一種照顧教區會眾的心態，模糊想著替安娜貝兒找個丈夫，替強尼找個太太。「大草原上的小屋，那麼遠，那麼寂寞……年輕孩子沒人可講話，只有牛、牛、牛。」

*

女孩想些什麼？夏天，她想著暑熱，想著怎麼不讓蒼蠅飛進奶油；冬天，她想著寒冷。我不知道除此之外她還想什麼。也許她跟一般少女一樣，想著會有個陌生人來到鎮上，帶她遠走高飛前往城市等等，但由於她的想像力受限於經驗，限於農場、家務、四季，我想她沒想那麼遠，彷彿她已經知道她是自己欲望對象的欲望對象，因為在那新世界的明亮陽光下，一切都清清楚楚。但小時候，他們只知道他們彼此相愛，一如任何兄妹之間當然應有的愛。

她就著大水盆洗頭髮，洗那頭黃色長髮。她十五歲。時值春天，這是今年她第一次洗頭髮。她坐在門廊上吹乾頭髮，坐在那張她母親從西爾斯郵購目錄裡挑選的、現在她父親再也不肯坐的搖椅。她把一片鏡子架在門廊欄杆上，鏡子反射陽光，陣陣閃亮。她對鏡梳理濕髮，頭髮多得好像梳不完，糾纏著梳子。她身上只穿著襯裙，父兄都去趕牛了，沒人會看見她蒼白的肩膀，但是強尼回來了。他被馬掀翻在地，頭撞到石塊，昏昏然牽著那匹小型馬回家來，而她正忙著解開糾結的髮，沒看見他，也沒時間遮掩自己。

「哎呀，強尼，我——」

想像他們身後有個管弦樂團：木造農舍，門廊，搖籃般搖個不停的搖椅，綴有小孔花邊的白襯裙，因濕而顯得色深的長髮披在她肩上，細細水流滑下她淺淺乳溝，年輕男子牽著一跛一跛的小型馬，兩人四周是溫柔土地，無窮無盡一如陽光。

「愛的主題曲」悠揚響起。她一躍而起，跑過去照顧他。鏡子摔落在地。

「七年的霉運——」[1]

他們跪下，在鏡子碎片中看見自己金髮藍眼的無邪圓臉，若將這兩張臉交疊，五官每一處都會相互符合，他們的臉便是同一張，便是在此之前從不曾存在的，美洲的純粹之臉。

外景。大草原。白天

（遠鏡）農舍。

（特寫）襯裙落在農舍門廊上。

威斯康辛，俄亥俄，愛荷華，密蘇里，堪薩斯，明尼蘇達，內布拉斯加，南北達科塔，懷歐明，蒙大拿……哦，那些廣大的土地！在那遼闊綠意中，任何事都可能。

外景。大草原。白天

（特寫）強尼與安妮貝兒接吻。

「愛的主題曲」響起。

淡出。

不，才不是那樣！一點也不是那樣。

1.〔西方傳統迷信，打破鏡子會走七年霉運。〕

他伸出一隻手摸摸她的濕髮，昏昏然。

安娜貝拉：你似乎身體不適。

喬凡尼：此處無人，只有我倆。我想妳愛我，妹妹。

安娜貝拉：是的，你知道我愛你。

然後他們覺得他們該一起自殺，此時此刻就死，以免做出那件事；他們記得小時候曾一起打滾，母親笑著看他們親吻、擁抱，那時他們年紀太小，不知道不該這麼做，但儘管身在這片寂寞無邊的廣大平原，他們還是知道不該那麼做……做什麼？他們怎麼知道要做什麼？因為看過母牛與公牛，母狗與公狗，母雞與公雞。他們是鄉下孩子。他們的視線從鏡子轉向彼此，看見對方的臉猶如自己。

〔音樂響起〕

喬凡尼：諸神啊，別讓這音樂只是幻夢。

我求你們，發發慈悲！

〔她跪下〕

安娜貝拉：我跪下，

哥哥，以我們母親的骨灰發誓，

永勿變心背棄我。

若不愛我，便殺死我，哥哥。

〔他跪下〕

喬凡尼：我跪下，

妹妹，以我們母親的骨灰發誓，

永勿變心背棄我。

若不愛我，便殺死我，妹妹。

外景。農舍門廊。白天

翻倒的水盆，水流在拋落於地的襯裙上。

空無一人的搖椅，搖啊搖。

*

對我而言，最神秘的是那男孩——或者該說年輕男子。他竟如此急切地擁抱命運。我想像他不會說話，或幾乎等於不會說話；他是沈默寡言的那一型，久不用的嗓音鏽啞。他翻土，馴那些美麗的馬，給牛擠奶，在農地幹活，操勞流汗。他的工作內容包括電影裡這類人模糊不明的「工作」。他可不是馳騁平原的牛仔。父親落地生根，兒子便也生根，在這片至今首度被人翻墾的土地。

我想像他頭腦的養分只來自父親的黑色聖經，因此受到狹隘箝制，但密密充滿比喻意象，把自己看做類似亞當，而她是無可避免也無可取代的夏娃，荒野中獨一無二的伴侶，儘管他知道艱苦操勞的他們並非活在伊甸園，而那禁忌之物究竟是什麼他始終不甚確定。

因為那一定不可能是這件事吧？這無上的幸福？誰能禁止如此幸福呢？

她也覺得幸福嗎？還是這對她而言愛情的成分多過歡愉？「好好照顧妹妹。」但打從懂事開始便是她在照顧他，而她以身體使他歡愉正如她以食物餵飽他。

喬凡尼：我永遠迷失了。

迷失在翠綠荒原，在墾荒先鋒迷失的地方。是顴骨高聳、綁著髮辮的死神幫安妮貝兒脫下衣服。她閉上眼睛，不看赤身裸體的自己。死神教她如何撫摸他，也教他如何撫摸她。這事不只是農場上那樣而已。

內景。牧師家。白天

餐桌旁，牧師妻子從鍋裡盛出食物給丈夫和兒子。

牧師妻子：這樣不成，這樣怎麼成呢，那倆孩子住得那麼遠，野人似的長大，誰也見不著。

牧師兒子：媽媽，她實在好漂亮。

牧師妻子與牧師轉頭看年輕人。

他的臉慢慢但整個紅了。

牧場主完全不知情。他工作。他把心中鐵般的哀傷保持得嶄新無鏽。他期待獨自在門廊上飲酒(以前每月只喝一回),那些晚上兄妹便趁機同睡在圓木小屋,蓋著母親縫製的「圓木小屋」花樣的百衲被。每當他們一同躺下,彷彿被子裡傳出聲音要她關燈,她便用手指捏熄燭火。四周是實質可觸的黑暗。

她思考著失貞這件無法逆轉的事。照牧師妻子的說法,她已經失去了一切,是個迷失的女孩。然而這改變似乎並沒有改變她。她轉向她唯一所愛的人,四周寂寥的空間便為之縮減,成為他們身體在溪岸長草上壓出的柔軟墓穴。冬天來臨,他們在穀倉裡,在哞叫的牲畜間,迅速危險地做愛。雪融化了,滿眼綠意足以讓人變瞎,春季植物逐漸充沛的辛澀汁液散發淡淡醋酸味。鳥兒回來了。

一隻黃昏的鳥叮叮地叫,就像單敲著中國古樂的磬。

外景。農舍門廊。白天

繫著圍裙的安妮貝兒走出來，

在自家門廊上敲響三角鐵。

安妮貝兒：吃飯囉！

內景。農舍。夜晚

餐桌旁，安妮貝兒為父兄盛出豆子。

她自己盤裡什麼都沒有。

強尼：安妮貝兒，妳今晚怎麼不吃東西。

安妮貝兒：今晚沒胃口，什麼都不想吃。

一隻黃昏的鳥叮叮叮地叫，就像鑿子刻在墓碑上。

他想跟她私奔遠走，往西再往西，到猶他，到加州，到他鄉過夫妻生活，但她說：「那父親怎麼辦？他已經失去夠多了。」說這話時，她戴上的不是他的臉，而是他們母親的臉，於是他打骨子裡知道她腹中的孩子會拆散他們。

牧師的兒子穿起週日上教堂的最稱頭服裝，前來追求安妮貝兒。他是第二男主角，你一開始就知道了，從他怯生生的態度與溫和的眼神看得出來；在這大草原場景裡，他活不長的。他前來追求安妮貝兒，儘管母親要他上大學。「娶了年輕太太又上大學，你要怎麼過活？」他母親說。但他收起書本，趕著輕便馬車出門拜訪她。她正在晾衣服。

風吹床單，正是寂寞的聲音。

索連梭：妳不願愛人麼？

安娜貝拉：我無法愛你。

索連梭：那妳愛誰？

安娜貝拉：這要由命運決定。

她低下頭，一腳在滿地沙塵中移蹭。她乳房疼痛，噁心想吐。

外景。大草原。白天

強尼與安妮貝兒走在大草原上。

安妮貝兒：強尼，我想他喜歡我。

鏡頭橫搖藍天，天上有雲。強尼與安妮貝兒在整片景色中顯得渺小，手牽手，低著頭。兩人的手慢慢鬆開。

他們繼續走，兩人隔的距離愈來愈遠。

陽光，北美那無窮無盡的陽光，透過賽璐珞底片，將為我們照亮看著自己的美洲。

更正：將為我們照亮看著自己的北美。

外景。農舍門廊。白天

圍籬上一排酒瓶。

砰，砰，砰。強尼持槍將酒瓶一一射破。

門廊上，安妮貝兒在大水盆裡洗碗。

她臉上流著淚。

外景。農舍門廊。白天

門廊上，父親雙腳蹺在欄杆上，手裡拿著
　玻璃杯和酒瓶。

大草原上夕陽西下。

砰，砰，砰。

(父親視角)強尼射著圍籬上的酒瓶。

父親酒瓶湊上杯子的叮噹聲。

外景。農舍門廊。白天

遠景，牧師兒子駕車沿著小路前來。

砰，砰，砰。

安妮貝兒身穿乾淨洋裝，頭髮整齊，紅著眼

從屋內走上門廊。父親酒瓶湊上杯子的
叮噹聲。

外景。農舍門廊。白天

牧師兒子勒馬停車。他穿著刷撣乾淨的
週日稱頭外套，手拿花束——百葉玫瑰，
愛南薔薇，雛菊。

安妮貝兒微笑，接過花束。

安妮貝兒：哦！

被刺傷的手指抬起，血滴在一朵雛菊上。

牧師兒子：讓我來……

拉過她的手，親吻那小小傷口。

……吻去疼痛。

砰，砰，砰。

酒瓶湊上杯子的叮噹聲。

(特寫)安妮貝兒微笑,吸一口

花束的香氣。

也許,若是有可能,她會學著愛牧師的溫和兒子,然後嫁給他;但這不但不可能,而且她還懷著孩子,這表示她必須趕快結婚。

內景。教堂。白天

風琴聲。父親與強尼在祭壇旁。

強尼臉色蒼白勉強,父親面無表情。

牧師妻子抿緊嘴唇,憤怒不已。

牧師兒子與穿著簡單白棉新娘禮服的

安妮貝兒牽起手。

牧師:你是否願娶……

(特寫)牧師兒子的手,將婚戒套上

安妮貝兒的手指。

內景。穀倉。夜晚

小提琴與班究琴的老式音樂。

眾人大跳方塊舞，新娘新郎帶頭。

父親坐在桌旁，手握酒杯。

強尼坐在他旁邊，伸手拿酒瓶。

一舞既終，新娘新郎湊在一起，
新郎親吻新娘臉頰。她笑。

(特寫)安妮貝兒抬頭害羞地看牧師兒子。

舞陣再度將兩人分開；安妮貝兒沿著
隊伍與一個個男子共舞，突然搖晃
暈倒。

眾人一片慌亂。

牧師兒子與強尼都奔向她去。

強尼扶起她靠在懷裡，將她的頭倚在
自己肩上。眼睛睜開。牧師兒子
伸手向她。強尼讓他抱住她。
她以懇求的眼神看著轉身離去、
消失在人群中的強尼。

沈默吞沒了小提琴與班究琴的樂聲。綁著髮辮的死神為婚床鋪床單。

內景。**牧師家**。**臥房**。**夜晚**

安妮貝兒躺在床上，身穿白睡衣，
緊抓枕頭，哭泣。牧師兒子光著上身
坐在床緣，背對鏡頭，低頭掩面。

早晨，新婆婆聽見她對著夜壺嘔吐，於是不顧兒子的反對，脫光安妮貝兒的衣服，以產婆的眼光加以檢視。她判斷媳婦已經懷孕三個月，或者更久。她揪著女孩頭髮滿房拖扯，摑打耳光，又揍又踢，但安妮貝兒不肯說出孩子的父親是誰，只以亡母的墳墓發誓，承諾從此以後做個良家婦女。事情如此急轉直下，年輕新郎呆住了，無從插口，只知道——並因此感覺些許驚訝——自己仍愛著這女孩，儘管她身懷另一個男人的孩子。

「賤女人！娼婦！」牧師妻子說著一巴掌打得安妮貝兒流鼻血。

「好了，母親，住手。」溫和的兒子說。「妳看不出她不舒服嗎？」

可怕的一天逐漸結束。婆婆想把安妮貝兒逐出家門，但男孩為她說情，而祈禱上主指引的牧師翻開聖經，恰巧翻到通姦女子的那一節，為此深思不已。

「只要告訴我父親是誰就好。」年輕丈夫對安妮貝兒說。

「你還是不知道的好。」她說。然後撒謊：「他已經走掉了，往西去了。」

「是不是——？」提出一兩個人的名字。

「你不認識那人。他往西走的路上經過我們牧場。」

然後她又哭起來，他將她攬進懷裡。

「這事會傳遍全鎮。」婆婆說。「那女孩要了你！」

她砰然重重把碗盤放在餐桌上，想把女孩趕到後門邊吃飯，但年輕丈夫親手為妻子在餐桌上擺好餐具，讓她坐下，不顧母親的滿臉怒容。他們低頭做餐前禱。牧師看著兒子為安妮貝兒切麵包、放在她盤上，心想，我兒子真是個聖人。他開始為兒子擔憂。

「除非妳願意，否則我絕不會碰妳。」燭火熄滅後，丈夫在黑暗裡對她說。填塞床墊的稻草一陣窸窣，她轉身背對他。

內景。農舍廚房。夜晚

強尼由外走入，看著睡在搖椅上的父親。

從一張椅子後撿起某件安妮貝兒丟下的衣服，臉埋進其中。

肩膀顫動。

打開櫥櫃，取出酒瓶。

以牙咬開瓶蓋。喝酒。
手持酒瓶，走到屋外門廊。
外景。大草原。夜晚
(強尼的視角)大草原上月亮升起：
悲歌般一片遼闊平原。
「景色主題曲」響起。
內景。牧師兒子臥房。夜晚
安娜貝兒與牧師兒子躺在床上。
月亮照透窗簾。兩人都睜著眼
躺在那兒。床墊窸窣。
安妮貝兒：你醒著嗎？
牧師兒子往反方向挪遠。
安妮貝兒：我想我從沒真正認識過
哪個小伙子……

牧師兒子：那那個——？

安妮貝兒（聳肩，避而不答）：

哦……

牧師兒子向她靠近。

因為她並不把哥哥列在「小伙子」這個新分類，他就是她自己。於是那一夜他們相擁入眠，不過沒做其他的事，因為她怕傷到寶寶，而他又那麼充滿心痛與榮耀，幾乎無法忍受，能緊緊抱著她就夠了，就太多了，在他那可怕的天真無辜中。

倒不是說她逆來順受，只是，在害怕最嚴重後果的同時，原來最嚴重的後果已經發生了：她犯的罪被揭發，或者該說，直到他原諒她時她才發現自己犯了罪，於是，悔罪中誕生了一個新的安妮貝兒，對這個新的她而言過去不存在。

如果能，她會對他說：「那並沒有什麼意義，親愛的，我只是跟哥哥做了，因為那裡只有我們兩個，遼闊的天空讓我們害怕，所以我們緊緊攀附彼此，事情就這樣發生了。」但她知道不能這樣說，知道這份最自然的愛正是她不能承認的愛；在大草原上跟某個路過的陌生人睡是一回事，跟她父親的兒子睡則是另一回事。因此她保持沈默。看著丈夫，她看見的不是自己，卻是一個可能會逐漸變得更珍貴的人。

接下來那一夜，儘管有寶寶，他們還是做了。他母親恨不得殺了她，拒絕給這妓女吃早餐，但安妮貝兒為他們做飯，套上圍裙，將火腿切片煎煮，然後刷洗地板，態度是那麼謙卑、那麼恭敬感激，婆婆便沒有開口，薄唇緊抿得像個陷阱，但沒有開口，因為若說她有怕的東西，那便是她丈夫兒子要命的溫和個性。於是。就這樣。

強尼來到鎮上，渴望著她。天堂之門狠狠在他面前摔上。他在牧師家後院徘徊不去，躲在亞馬遜薔薇叢後，看他們臥房的燭火熄滅，仍然不能想像，不能想像她會跟另一個男人做。但是。她做了。

她一走進店裡，閒言閒語便戛然而止，所有眼睛都轉向她。她經過之處，嚼菸草的老男人啐出棕色唾液，女人滿臉不以為然。她太年輕，太不習慣與人相處了。丈夫和她談著，他們想走，就這麼走吧，朝西邊更西邊去，或許直到另一側的海邊。他讀過書，可以找份職員之類的工作。她會生下孩子，而他會愛那個孩子。然後她會生下他們的孩子。

「是啊。」她說。「我們就這麼做。」她說。

外景。農舍。白天

安妮貝兒駕著二輪輕便馬車來。

強尼從屋裡走上門廊，身穿襯衫，手持酒瓶。

她拉住韁繩，但沒有下車。

安妮貝兒：爸呢？

強尼朝大草原一比。

安妮貝兒（不看強尼）：我有話

要跟他說。

(特寫)強尼。

強尼：妳沒有話要跟我說嗎？

(特寫)安妮貝兒。

安妮貝兒：我想沒有。

(特寫)強尼。

強尼：至少偶爾回來看看。

(特寫)安妮貝兒。

安妮貝兒：沒什麼時間。

(特寫)強尼與安妮貝兒。

強尼：得趕回去幫老公做飯，是吧？

安妮貝兒：強尼……我結婚後你怎麼都不來上教堂了，強尼？

強尼聳肩，轉身。

外景。農舍。白天

安妮貝兒下車，跟在強尼身後走向農莊。

安妮貝兒：哦，強尼，你也知道我們那麼做不對。

強尼走向農舍。

安妮貝兒：我覺得自己很幸運，能得到原諒。

強尼：妳要跟爸說什麼？

安妮貝兒：我要到西部去。

喬凡尼：什麼，這麼快就變了心！妳勇健的新夫君是不是找出夜晚遊戲的新招數，勝過當年懵懂無知的我們？——哈！是這樣麼？或者妳是突然性情大變，要背叛過去的盟約和誓言？

安娜貝拉：你怎能拿我的
災殃開玩笑。

外景。農舍。白天

強尼：去西部？

安妮貝兒點頭。

強尼：妳自己一個人去？

安妮貝兒搖頭。

強尼：跟他一起？

安妮貝兒點頭。

強尼一手扶住門廊欄杆，彎腰向前，
遮藏住臉。

安妮貝兒：這樣對大家都好。

她一手按在他肩上。他伸手探向她。

她掙脫。他的手，握住酒瓶；

瓶中酒潑灑在草地上。

安妮貝兒：那是不對的，我們那麼做。

強尼：那……

安妮貝兒：它根本不該被懷上，可憐的

孩子。你不會再見到它。忘了一切吧。

你會找到另一個女人，你會結婚的。

強尼伸手猛然將她拉進懷裡。

「不行，」她說：「絕不。不行。」又掙扎又咬又抓：「絕不！那樣不對。那是犯罪。」但更糟的是，她說：「我不想要。」而且她是真心的，她知道自己不能這麼做，否則如今擺在她面前的新生活，單純明亮像小孩畫的房子的新生活，將會被徹底摧毀。於是她掙脫他，跑上馬車全速趕回鎮上，鞭揮著那匹小型馬的頭。

帶著一口棺材似的黑皮箱，牧師和妻子駕車送他們到火車站，就像你在電影裡看到的那樣——同樣的電報局，同樣的水塔，同樣戴著綠遮陽帽的賣票老頭。快到秋天了，安妮貝兒已經藏不住身孕，肚子突出；婆婆根本不屑對她說話，只透過跟牧師交談表示意見，牧師則以對待懺悔罪人的尊崇態度對待安妮貝兒。

她的黃色長髮繫著黃緞帶。悔罪妓女帶著驚訝神情，好似懷孕的童貞聖母。

她臉色蒼白。懷孕不太順利，她整個早上嘔吐，還有點出血。丈夫緊握她的手。昨晚父親來向她道別，看來蒼老，他沒有好好照顧自己。強尼沒來，讓鎮上議論紛紛，人們說他是不肯見這個丟人的妹妹。除此之外似乎沒別的原因能解釋他的態度，大家都知道他對女孩沒興趣。

「祝福你們，孩子。」牧師說。年輕丈夫帶著令人不安的愚騃聖人態度，讓妻子坐在皮箱上，在她腿上蓋條毛氈，因為颼颼冷風沿著鐵軌吹捲起塵沙，山丘是十月的紫褐與棕。遠處，火車汽笛響了，那揮之不去的聲音傳遍無盡距離，更突顯距離的遼遠。

外景。農舍。白天

強尼騎上馬，將來福槍甩上肩。雙腿一夾馬。

外景。鐵路。白天

火車汽笛聲。滾滾煙霧。

火車頭拉著列車穿越大草原。

外景。大草原。白天

強尼策馬直奔而去。

外景。鐵路。白天

火車輪轉動不停。

外景。大草原。白天

馬蹄掀起塵沙。

外景。車站。白天

牧師妻子：記住，好好照顧你自己，
聽到沒？還有——（但她實在
說不出口）
牧師：孩子一生下來就通知我們哦。
（特寫）安妮貝兒感激的微笑。
火車汽笛聲。
現在看看他們，彷彿為照相擺出姿勢，年輕男子和懷孕女子，她坐在皮箱上，等著被帶走，遠離，去到別處，腹中懷著未來。

外景。**車站**。**白天**
站長走出售票室。
站長：車來啦！
（遠鏡）車頭拐過轉角。

外景。車站。白天

強尼勒馬。

安妮貝兒：啊，強尼，你還是來說再見了！

（特寫）強尼情緒激動不已。

強尼：妳不是他的。妳永遠不是他的。

這裡才是妳的歸屬，跟我在一起。

在這裡。

喬凡尼：所以死吧，死在我身旁，死在我手上！

我要復仇，榮譽支配愛情！

安娜貝拉：哦，哥哥，在你手上！

外景。車站。白天

安妮貝兒：別開槍——想想孩子！

別——

牧師兒子：哦，我的天——

砰，砰，砰。

為了保護妻子，年輕男子一把抱住她，於是他死了，不到一秒第二顆子彈也穿透她身體，兩人雙雙倒地，此時火車頭咻咻煞住停下，乘客陸續下車，看看發生了什麼西部荒野好戲，那對父母則呆立一旁無法相信，無法相信。

看見妹妹還有一口氣，強尼跪倒在她身旁，她睜開眼，或許看見了他，因為她說：

安娜貝拉：哥哥，狠心，好狠的心……

更讓死神滿意的是，強尼接著把槍管塞進自己嘴裡，扣下扳機。

外景。車站。白天

（升降鏡頭）三具屍體，牧師安慰妻子，

乘客擠著下車爭睹慘劇現場。

「愛的主題曲」響起，搖鏡，遼闊天空下的

大草原，美洲的綠色乳房，大地，

親愛，殘忍，狠心。

註：舊世界的約翰．福特安排喬凡尼剜出安娜貝拉的心，捧上舞台；舞台指示寫道：喬凡尼上，匕首插著一顆心。新世界的約翰．福特將無法把這一幕呈現在賽璐珞底片上，儘管這場景令人難以抗拒，想起昔日住在此地的印第安人施行的酷刑儀式。

魔鬼的槍

墨西哥邊界一處塵沙滿天、蒼蠅亂飛的炎熱城鎮——一個沒有希望、沒有優雅的城鎮，不幸流落至此的人都已山窮水盡。時間約在世紀之交，西部英雄的時代過去已久；這裡的邊界劫匪過著半死不活的貧困生活，毫無半點英雄氣概。門多薩家族是一群階級分明的野蠻土匪，控制這個鎮、鎮上的腐敗警長、銀行、電報局——無所不包。連神父都是他們指派的。

鎮上唯一有點體面表象的地方是酒吧兼妓院，經營者是一對看來很不搭調的奇特男女——一個上了年紀、酗酒又有肺癆的歐洲貴族，以及擔任鴇母供他吃穿的情婦。她名叫羅珊娜，是個直來直往、上了年紀、折舊得頗厲害、缺乏想像力的和善女人。

她妹妹是瑪麗亞．門多薩，也就是土匪頭子的老婆——所以妓院才會交到她手上。幾年前，羅珊娜和她的男人，那個人稱「伯爵」的絕望又快死的男人，突然雙雙出現在鎮上，一文不名，衣衫襤褸，是求人讓他們順路搭農莊牛車來的……「隔了這麼多年，瑪麗亞，我回來了……我沒別的地方可去。」她做這行頗有經驗，於是在妹夫許可及資助下開了間酒吧兼妓院，裡面全是惹出亂子得避避風頭的女孩——大概算不上頂尖的娼妓。一共五人。但她們很合顧客的胃口，讓門多薩手下那些亡命之徒不惹麻煩，並為他的客人服務——此外偶爾還有外來客，走錯路經過此地的旅人，比方旅行推銷員，或者搶匪。妓院生意興隆。

伯爵呢，穿著髒兮兮的縐襯衫和曾經時髦如今快磨破的黑西裝，給店裡增添點上流味道；原來他的人生已經淪落至此，在情婦的酒吧充當裝飾。一股苦澀，一股陰鬱的尊貴，便是伯爵的特色。

伯爵讓客人買酒請他。他是酒鬼，但總歸是出身高貴的酒鬼，與人保持若干距離——儘管行將就木，他仍有他的驕傲。謠傳他年輕時在故國是傳奇神槍手，店裡女孩閒聊時都這麼講。北佬茱麗說，聽說他和羅珊娜以前在馬戲團表演，他舉槍射掉她全身衣服，直到她光溜溜像剛出娘胎。光溜溜像剛出娘胎！

但他不是殺了羅珊娜的情人嗎，不對，不是情人，而是某個買下她的男子，其中有個不為人知的故事……不是在舊金山碼頭邊嗎？不對不對不對——一切都發生在奧地利，或者德國還是哪裡，總之是他出身的地方，遠在遇見羅珊娜之前。他認識羅珊娜以後就沒碰過槍了，現在他從來不開槍，儘管他那把長槍管的老式來福槍仍掛在牆上……聽著，是這樣！他這神槍手神得太過頭了，人家說唯有魔鬼現身才——最好別理會這些故事，雖說瑪達蓮娜以前在舊金山一家羅珊娜待過的妓院工作，有人告訴她——但此時伯爵的影子橫過牆上，她們噤聲不語，瑪達蓮娜還偷偷在身上畫十字。

在這鎮上，沒人問任何問題。不是別無選擇，誰會住在這裡？可憐的黛莉莎·門多薩，美人兒一個，青春十六歲，老大不高興，滿肚子不滿，被送去修道院學讀書寫字之後腦袋裡就多了些不切實際的想法。她學讀書寫字幹嘛？反正她已經注定得活得跟豬一樣。但她要結婚了不是嗎？嫁給個有錢人？是啊，不過是有錢的土匪！

下午生意清閒，羅珊娜和妹妹一起坐在自家起居室，拉下窗簾抵擋刺眼陽光，搖晃著籐搖椅，抽著雪茄，不緊不慢喝杯龍舌蘭酒。瑪麗亞．門多薩是個大嗓門兒的男人婆，自己也是穿皮靴馬刺的土匪，野蠻，不識字，只有一個女兒，就是美麗的黛莉莎。「我們終於講定啦，羅珊娜，只差最後送入洞房了……妳看，這是黛莉莎未婚夫的照片……帥吧？嗯？嗯？」

羅珊娜存疑地看著那張被當作寶的照片。又一個土匪，甚至比門多薩勢力還大！至少她，羅珊娜，弄到了一個不會把馬刺也穿上床的男人。而且黛莉莎連見都沒見過對方……「不用，不用！」瑪麗亞叫道。「沒那個必要。等他們結了婚，等他上了她，自然就會有愛啦……然後會有小孩，我們黛莉莎的小孩，我的外孫，在他的大房子裡長大，四周都是忙著鞠躬掃地的僕人。」但羅珊娜沒這麼肯定，懷疑地搖搖頭。「反正黛莉莎也不能怎麼樣，」瑪麗亞堅定地說：「這是門多薩安排好的，她會成為整個邊界所有土匪的王后。比在這鬼地方活得跟豬一樣強多了。」

門多薩家族確實活得像豬，防禦圍牆裡面是吉普賽式的骯髒營地，住著部下與食客。被門多薩奪下之前，那曾是一座相當宏偉的西班牙殖民式大宅，現在門多薩，也就是黛莉莎粗壯蠻橫的父親，卻在走廊上跑馬，喝醉了還拿槍射窗玻璃。被寵壞的獨生女黛莉莎便對他憤怒大叫：「我們活得像豬！像豬一樣！」

妓院裡出了問題！鋼琴手跟最漂亮的女孩跑了，到南方打算自己開業，她估摸她丈夫不會大老遠追到阿卡波哥。兩人坐在雜貨店門口的木桶上，旁邊堆著大包小包，等待驛馬車來帶走他們；馬車下了一個乘客，駕駛去打水給馬喝。這裡有沒有工作給鋼琴手做？哎呀，還真巧！

他是北方來的，美國佬。而且還是個城市小伙子，穿天鵝絨外套，手指又長又白！聽見槍聲他臉就一皺——門多薩的某個手下朝陰溝裡的雞開槍，吵鬧不已。他真蒼白……一個帥小伙，好模好樣，優雅細緻，講話聲音一聽就是受過教育的。是不是還帶了一丁點外國腔？

跟伯爵一樣，在這半沙漠的原始環境，他格格不入得驚人。

羅珊娜一看見他，心就融化成一團母愛；伯爵也挺開心，因為小伙子在酒吧的走調廉價鋼琴上彈了段布拉姆斯。伯爵的眼睛起了霧，回憶起……維也納的音樂學院？可能嗎？多麼不尋常……原來你在維也納的音樂學院讀過書？儘管對這新員工很滿意，但羅珊娜仍嘟捲起嘴唇，因為她天生是個懷疑論者。可他是她聽過最高竿的鋼琴手。

而且，反正這鎮上的人從不真的問什麼問題，也不相信任何答案。他跑到這鳥不拉屎的地方一定自有理由。就你吧，強尼，門廊樓上有間房給你睡，門上有鎖，以免女孩往你房裡跑。她們老覺得無聊，總想找點新花樣……別讓她們煩著你。

但強尼深陷在單單一樣熱情裡，陰沈而投入，完全不理會店裡的女孩。臥房裡，強尼把一男一女的照片——他的父母——放在磨損起毛的松木梳妝台，在牆上釘起一張舊金山歌劇院的海報，《魔彈射手》[1]。他對照片說話。「我找到他們住的地方，追蹤到他們的巢穴。再要不了多久了，媽，爸。不久了。」

屋外馬蹄聲。瑪麗亞．門多薩來看姊姊了，像男人那樣跨騎著馬，女兒則側坐鞍上像位淑女，不過滿頭亂髮好似稻草。她是土匪家的野丫頭，看起來也是這樣，但——現在她已經訂婚，父親不准她去妓院，連正式拜訪她的好阿姨都不行！騎回家去，黛莉莎！

她老大不高興地掉轉馬頭，策馬前行之際回頭一瞥，看見強尼從臥房窗戶注視她；兩人眼神相交，強尼的眼睛一時變得朦朧。

一時間，黛莉莎有點迷惘；然後她馬刺狠狠一戳馬，野生動物般奔馳而去。

三更半夜，妓院終於打烊，強尼為伯爵彈起蕭邦，老人臉上滾下感傷懷舊的淚珠。維也納……還是那樣子嗎？試著別去回想……他又給自己倒了杯威士忌。然後強尼輕聲問他，我聽說的傳言是不是真的……在遙遠的奧匈帝國流傳的那些故事……伯爵嚇了一跳。

那則古老傳說，說一個人跟魔鬼訂了契約，得到永不失手的子彈。

那只是古老傳說，伯爵說。有些迷信的村莊還相信這種事。

各式各樣陰影飄進開著的窗。

那則古老傳說，因某位貴族的事跡而再度盛行，但貴族突然消失，丟下了一

1.〔*Der Freischutz*，德國作曲家 Carl Maria von Weber（1786-1826）作品。〕

切。而這裡的門多薩一家，這些土匪——他們不全都該死嗎？兇惡，殘酷……一個把靈魂賣給魔鬼的人，與該死的人為伍最覺得安全吧？與娼妓和殺人犯為伍？

伯爵打個哆嗦，又倒了一杯威士忌。

人家以前悄聲傳說，那位伯爵——這位伯爵，你！老頭子——神射手的名聲之顯赫，每個人都認為他具有超自然力量，是不是真的？

伯爵恢復鎮定，說：「人家也是這樣講帕格尼尼，說他一定是跟魔鬼學會拉小提琴，因為沒人可以拉得那麼好。」

「說不定是真的呢。」強尼說。

「你是音樂家，不是殺人犯，強尼。」

「勒死人和彈鋼琴同樣需要長手指。但子彈比較慈悲。」強尼意有所指。

伯爵脫離先前突然陷入的某種夢境，說：「第七顆子彈屬於魔鬼。那就是代價——」

但今夜，他不肯、不能再多說了。他搖搖晃晃走回房，羅珊娜一如往常在床上等他。但為什麼，哦為什麼老頭子在哭？都是威士忌害你變得像小寶寶一樣……但羅珊娜會照顧你，她總是照顧你，打從她發現你起一直如此。

羅珊娜亦對新來的強尼發揮母性，但同時也觀察他，眼神憂慮。他整天只知道彈鋼琴，不然就是沈著臉死盯著在酒吧裡玩鬧的門多薩手下。有時他會研究伯爵掛在牆上的來福槍，摸摸槍管，撫撫槍托。但他對死亡的技藝一無所知。一無所知！而且他對女孩們完全沒興趣，這樣太不健康了。

在羅珊娜看來，她的老頭子跟這年輕人有相似之處，那種一身黑衣的瘋狂尊嚴。他們兩個好像老在一起聊天，有時還講德文，羅珊娜最討厭這樣，讓她覺得自己被排除隔絕在外。

他可不可能，年輕的強尼可不可能是……伯爵在哪裡拋棄的兒子，一個他從來不知道自己有的孩子，大老遠跑來找他？

可能嗎？

老頭子和年輕人，有同樣形狀的眼睛，同樣形狀的手……可能嗎？

如果是，那他們為什麼不告訴她羅珊娜？

秘密讓她覺得自己被排除隔絕在外。薄暮中，她坐在房裡的搖椅上，啜飲龍舌蘭。

樓下有交談聲——德文。她走到窗邊，看著伯爵和鋼琴手一起走向妓院前那口滿是浮泡的小池塘。妓院離中央街有一小段距離。

她朝身上畫十字，繼續搖搖椅。

「講英文，我們必須把舊世界和那些神神秘秘都拋在腦後。」伯爵說。「那疲憊、筋疲力盡的舊世界。把它拋在腦後！這是個新國家，充滿希望……」

他語氣充滿強烈反諷。沙漠的古老岩石低伏在夕陽中。

「但這國家的景物比我們古老太多了，有奇異的神明在天上沈思默想。我永遠不會跟這地方作朋友，永遠不會。」

他們是陌異的外人，伯爵和強尼看著門多薩家族騎馬出門劫掠，由黛莉莎的父親帶頭，一群滿臉于思的流氓，朝天開槍，大吼大叫。

強尼以冷靜又安靜的語調告訴伯爵，門多薩家族搶劫載運黃金的火車時殺害了他父母。他父母都是歌劇歌手，離開加州正橫越大陸，剛結束舊金山的表演……而他當時遠在歐洲。

門多薩親手扯下他母親的耳環。然後強暴她。然後某人開槍打死他父親，因為他試圖保護妻子。然後他們也打死了他母親，因為她哭叫得太大聲。

強尼敘述一切，冷靜又安靜。

「我們每個人都有自己的悲劇。」

「有些悲劇是可以回敬給加害者的。我已經計畫好要怎麼復仇，很貼切的、歌劇式的復仇。我要引誘那個美麗小姐，讓她懷上我的孩子。如果沒法開槍打死她父母，我也會想辦法用我鋼琴家的漂亮雙手勒死他們。」

安靜，確定，充滿致命意圖——但無能。他連槍的頭尾都分不清楚，這輩子從沒因生氣而動過手。

但是，打從那封鑲著黑邊的信寄到他維也納的住處起，他便沈思默想計畫復仇；在維也納，他聽說過某位貴族曾與惡魔訂下契約，確保射出的子彈永遠百發百中……

「如果你全都計畫好了，如果你一心一意要復仇……」

強尼點頭。安靜，確定，充滿致命意圖。

「如果你已下定決心，那麼……你已經是惡魔的人了。而子彈確實比憤怒慈悲，如果射得準的話。」

伯爵自己也一直恨門多薩，恨門多薩鄙夷他和羅珊娜靠他的好心過活。

但強尼這輩子從沒用過槍。老頭啊老頭，你能有什麼損失？你什麼都不是，你已經窮途末路，在一個滿天蒼蠅的小鎮靠娼妓養活，來到你這一輩子所有道路的盡頭……給我一把永不失手的槍，它會自己開火。我知道你知道怎麼弄到這樣一把槍。我知道——

「我沒有什麼好損失的。」伯爵莫測高深地說。「只剩我的罪惡，強尼。只剩我的罪惡。」

黛莉莎，十六歲美人兒，老大不高興，一肚子不滿，回到臥房，躲進那張特別為她從火車上劫來的鍍金四柱大床，四周像寒鴉巢一樣堆滿金光閃閃的俗麗贓物。她大吃巧克力，翻著非常非常舊的時裝雜誌，抱起一隻皮包骨的小貓，那是她的寵物。雞在床帳頂上做窩，咩！咩！一隻羊從開著的窗探進頭。黛莉莎煩躁地皺起臉。這也叫過生活？

房門砰然打開，一隻興奮的狗追一群嘎嘎亂叫的雞跑進房，床帳頂上的雞都站起來嘎嘎叫。一團混亂！狗跳上床，開始啃咬牠叼來的某樣血淋淋東西；小貓人立起來，用前爪揮打狗。黛莉莎把巧克力、雜誌全狠狠甩開，大叫——受不了了！她衝出房間。

庭院裡，她母親正在殺一隻尖聲號叫的豬。門多薩家女人喜歡的就是這種事！真受不了。黛莉莎天生要過更好的生活，她就是知道。

她心情灰敗，信步晃上滿天塵沙的街道。空蕩蕩。就像我的人生，就像我的人生。

幾株柳樹彎垂在羅珊娜妓院前那口浮泡池塘，那兒看來蠻隱密清靜。

黛莉莎悄悄走到池塘邊，老大不高興地朝自己倒影扔石頭。早上生意清淡，妓女們衣衫不整一副淫逸模樣，倚在露台上：「小黛莉莎！小黛莉莎！來看妳阿姨啊！」她們取笑她的黑長襪，她的修道院女孩衣服，她的一頭亂髮。

羅珊娜在吧台後記帳，鼻上架一副金屬框眼鏡。伯爵給自己倒酒當點心，她抬頭本想勸阻，但還是打消念頭，繼續算她的帳。晴朗早晨，屋外露台上，妓女們吃吃笑著朝黛莉莎招手。

強尼隨手彈起一曲史特勞斯的華爾滋。羅珊娜一腳跟著稍稍打拍子。伯爵放下威士忌，微笑，走近羅珊娜，伸手邀舞。她嚇了一跳——然後臉紅了，露出燦爛如少女的笑容。她摘下眼鏡，摸摸頭髮，朝吧台後的鏡子瞄瞄自己，高高興興地小題大作。看見她高興，伯爵的態度更加殷勤有禮。這男人還是有副好身子骨啊！而她，當她微笑，你看得出她以前一定是個漂亮女孩。

強尼將琴音彈得更華麗：他倆的模樣讓他感動，他開始認真彈起史特勞斯的華爾滋。

羅珊娜靠上伯爵伸出的手臂，兩人起舞。

「看！快看！羅珊娜在跳舞耶！」

妓女們跑回房間，又是笑又是讚嘆。然後她們也開始跳舞，女孩跟女孩，身上是髒兮兮的睡衣、沒繫緊的束腹、襯裙、破洞的長襪。

瑪達蓮娜沒有舞伴，徘徊在露台上逗黛莉莎。音樂傳出妓院。

「黛莉莎！黛莉莎！來跟我跳舞嘛！」

慢慢的，慢慢的，黛莉莎走到露台邊，爬上樓梯，湊在窗旁往裡看，舞者們臉色發紅、上氣不接下氣，正笑著倒做一堆。

她和強尼眼神交會一瞬。但阿姨看見了她。「黛莉莎，黛莉莎，快走！這兒妳可不能來！」

門多薩家的餐桌旁，她父親正拿刀剔牙。

「我要學鋼琴，爸爸。」

他繼續拿刀剔牙。她在那天殺的修道院就不想學鋼琴，現在怎麼又想了？為了成為上流仕女啊，爸爸；她不是即將有場盛大婚禮，嫁給有頭有臉的人嗎？

「爸爸，我要學鋼琴。」

黛莉莎被寵壞了，要什麼有什麼。但父親喜歡逗她，要讓她向他懇求央告得愈久愈好，畢竟這種機會可不常有。他又給自己切了塊肉，嚼著。

「這鬼地方有誰可以教妳彈鋼琴，啊？」

「強尼。羅珊娜阿姨那裡的強尼。」

他突然真的發怒了，這時候你就能見識到他是什麼樣的粗蠻野人。

「什麼?我女兒去妓院學彈琴?在那個肥妓女羅珊娜的眼皮底下?」

瑪麗亞跳出來為姊姊出頭，高舉切肉刀撲向丈夫。「不許你侮辱我姊姊!」

門多薩一扭她手腕，刀落地。「我絕不許女兒去跟妓女鬼混!」

「我要學鋼琴。」被寵壞的小孩堅持。

「門都沒有，妳絕不許去羅珊娜那裡學琴，妳已經訂婚了。」

「那，爸爸，買台鋼琴給我，叫強尼來這裡教我。」

吱嘎吱嘎的馬車送來一台閃亮嶄新的小型平台鋼琴，放在腐朽大宅的庭院，旁邊有哼哧的豬和拍著翅膀的雞。

沒兩下，琴就搬進黛莉莎房間，她著迷地東一下西一下按著琴鍵。「小貓咪，小貓咪，穿黑外套的小伙子要來教我彈琴哦……」

她母親在一旁監護，坐在搖椅上晃悠，啜飲龍舌蘭酒。整潔，優雅，受詛咒的陌生人強尼，腋下夾著一疊樂譜，前來給黛莉莎上課。首先是音階……不久，徹爾尼練習曲。強尼等著，看著，靜待時機。

她母親覺得無聊，啜飲龍舌蘭酒然後打起瞌睡……一首徹爾尼練習曲，黛莉莎還不太熟練，事實上彈得糟透了。故意的嗎？強尼在場，令她小鹿亂撞。

強尼站在她身後，幫她把手擺對位置，他又長又白的手蓋住她指甲咬禿的棕色小爪子。

她轉過身來，兩人相吻。她很熱切、很情願，她的熱烈反應讓他意外，幾乎嚇了一跳。他鄙視她。這樣下去簡直太簡單了！

但引誘要在哪裡完成呢？不能在黛莉莎的房間，有她母親在搖椅上打瞌睡。也不能在強尼的妓院臥室，有羅珊娜阿姨把關。

「到教堂去，強尼，沒人會想到去那裡找情侶。」

教堂巨大空洞，幾乎有大教堂的規模，當初因預期印第安人會大批改宗皈依而建，如今幾乎已成廢墟，在一處類似絕壁的高處俯視半毀的村鎮。空無一人。他們在教堂地板上做愛，野孩子和報復者。之後，她勝利地把臉埋在他胸口，欣喜尖笑；他態度疏離，對自己的冷血和邪惡感到高興。

黛莉莎赤身裸體沿著走道走向祭壇，站在那兒抬頭冷眼看著洛可可式的耶穌，朝救世主吐舌頭。

「我不久還會再來這裡。我要結婚了。」

「結婚？」

「嫁給一位有頭有臉的土匪紳士。」做個鬼臉。「因為我沒有兄弟，我是繼承人。我兒子會繼承一切，但我得先結婚。」

「哦，不行。」強尼說，復仇心切使他忘情。「妳不能結婚。我不會讓妳結婚的。」

先是懷疑。然後……「你愛我嗎？」興奮，大叫。「所以你是愛我的！你一定是愛我的！你會帶我遠走高飛！」

伯爵在他和羅珊娜的臥室裡翻一口箱子，取出若干舊書和奇怪器具。房裡滿是神秘陰影。羅珊娜試著開門，發現門鎖著，急得拚命扭扯門把。「你在幹什麼？你有什麼秘密瞞著我？是不是那個老秘密？是不是——」

伯爵開門讓她進房，將她攬進懷裡。「他將會接過我的負擔，羅珊娜。他要這麼做，他願意這麼做，他知道……」

「你的……兒子來放你自由了嗎？」

「他不是我兒子，羅珊娜。」

她鬆了好大一口氣，幾乎忘記他此刻說的話具有何等黑暗意涵。但她必須問：「代價是什麼？」

「很高，羅珊娜。妳是否愛這個窮老頭子，是否愛他勝過愛親人？」

她睜大眼睛，盯著他看。

「愛，老頭子，我真心相信我愛。我們在一起好久了……」

「我們會永遠在一起，羅珊娜。」

於是他繼續組合他的詭秘器具，她也動手幫忙。她只有一項要求。「那個小黛莉莎，她不可以出事……」

「不會。黛莉莎不會有事。她什麼時候害過誰了？黛莉莎不會有事的。」

月蝕。教堂中，黑暗裡，祭壇前，伯爵與強尼召喚了合適的惡魔──「黑暗深淵弓箭手」。好一場風暴！一陣狂風不知從何而來，將塵沙捲成一場沙塵暴。

羅珊娜獨自待在充滿奇異陰影的臥室，緊緊拉下窗簾，喃喃祈禱，唸唸有詞。

狂風吹開教堂大門，扯得門鉸鍊吱嘎欲斷。幻覺般的形體自沙塵暴中出現、交融，惡魔或神祇，不見得屬於歐洲。新世界的未知大陸放出了遭禁的神鬼邪魔。

伯爵召喚來的遠超乎預期，他和強尼縮躲在五芒星中；阿茲特克與托爾特克的神祇巨大現形，教堂似乎已無影蹤。

儀式結束後，那些形體都消失了，但教堂一片狼藉，祭壇上方的耶穌面朝下扣倒在地。風停處，強尼和伯爵從地上爬起，伯爵狂咳得嚇人，臉色死灰，這場儀式差點要了他的命。

此刻戶外一片平靜，夜色清澈明亮，月亮已重現天際。強尼滿心狂熱，堅毅，穩定，攙扶顫抖的伯爵起身。

「武器在哪？」

「他已經來了。他正在等。他會交給我們。」

室外黑暗中，一個印第安人貼牆而坐，靜止得簡直與景物融成一片。他身披斗蓬，帽子壓得低低，漠然等待。

沈重倚在強尼身上的伯爵，以某種宮廷禮數向印第安人打招呼。但強尼只吠道：「槍帶來了嗎？」

「帶來了。」

槍枝易手，強尼一把抓住。

「多少？」

「先掛帳。」印第安人說著咧嘴一笑。「先掛帳。」

他手指輕觸帽沿為禮。他的小型馬正在教堂墓地的墳頭吃草。兩個歐洲人看著他走過去，上馬，騎走。蹄聲消失在靜定無垠的夜色中。

強尼檢視手中的溫徹斯特連發槍，槍看來毫無異處。他不習慣用槍，拿的手勢很笨拙。他的失望之情非常明顯。

「這有什麼特別的？店裡就可以買到。」

「槍裡有七顆子彈。」伯爵說，神色漠然一如任何印第安人。「第七顆是他放進去的，那顆子彈屬於他。」

「可是——」

「第七顆是魔鬼自己的子彈。他會替你射出第七顆，就算扣扳機的是你。但另六顆絕對會命中目標，儘管你從沒用過槍。」

強尼不太相信，舉槍瞄準黑暗中一處動靜，開槍。然後朝尖叫聲衝去。他的目標，黛莉莎的小貓，死了。

「只剩五顆給你自己用了。」伯爵說。「要省著用。這些子彈代價很高。」

黛莉莎找她的小貓。「小貓咪！小貓咪！」但小貓沒有來。「被狗吃了啦。」黛莉莎母親說。「好了別亂動，黛莉莎，妳像條鰻魚扭來扭去，我怎麼給妳穿新娘禮服……？」

那是店裡買的新娘禮服，從墨西哥市用馬車載來。整身白色蕾絲，還有面紗！在黛莉莎房間渾濁的鏡子前，瑪麗亞將婚紗戴在女兒頭上。真漂亮。但黛莉莎在鬧彆扭。

「我不想結婚。」

那是妳倒楣，黛莉莎！明天妳必須也將要結婚。

我不要。我不要！

這次任妳怎麼胡攪蠻纏，妳父親也不會讓步。

穿著婚紗華服的黛莉莎，在鋼琴上彈出結婚進行曲的幾個音符，然後大怒摔下琴蓋。

強尼坐在妓院鋼琴旁，彈出結婚進行曲的幾小節；一個來參加婚禮的客人喝醉了，一把將酒杯摔向吧台，把鏡子砸得粉碎。妓女們迷信地躲在一起嘀咕。這裡擠滿了來參加婚禮的賓客，全都是有名的大壞蛋，但氣氛太緊繃，一點也不歡樂。羅珊娜繃著臉，在收銀機上打出換新鏡子的價錢。伯爵神色哀戚，趴在吧台邊喝酒。婚禮賓客全真心鄙視他。

黛莉莎爬出臥室窗戶，偷偷沿著街道前進，匆匆躲進陰影裡，看著一個印第安人騎小馬沿街而來。

情人在浮泡池塘邊等她。帶我走！救救我！他撫摸她頭髮，第一次表現一點溫柔。也許他真的會帶她走，如果大屠殺之後她還能忍受見到他。也許……

現在夜很深了，只有伯爵還醒著，盯著一名醉昏在地上打鼾的婚禮客人。妓女們給那客人戴上羽毛帽，脫掉長褲，用胭脂塗花他的臉。

強尼進門，伯爵一言不發倒了杯酒給他。他看著男孩，眼神幾乎帶有愛意——絕對帶有某種情緒。

「我幾乎想叫你……」

強尼微笑，搖頭，口哨吹出幾小節蕭邦的〈喪禮進行曲〉。

「可是，那……對小黛莉莎好一點。『黑暗王子是位紳士……』[1]」

也許。也許不。但，也許……

黛莉莎的頭髮真把梳子纏得一塌糊塗！門多薩營地一片忙亂，他們幫她準備了一輛馬車，滿滿裝飾繽紛紙花。但她緊張又焦慮，咬著下唇，讓女眷替她穿衣打扮，彷彿她是具洋娃娃。她母親穿一身黑，很奇怪的看來倒挺正派可敬，哭得唏哩嘩啦。身穿禮服頭戴婚紗的黛莉莎，突然轉身激動地抱了母親一下，母親也用力回抱。

強尼親吻父母的照片。時間到了。他學生時代的黑天鵝絨外套裡不順手地藏著槍，優雅，致命，瘋狂，前往教堂。

他們把洛可可式的受難耶穌安放回去了，強尼蹲在他下方，躲進祭壇桌布下，把槍拿在手裡掂掂重量，瞇眼朝瞄準器看。

伯爵不肯去參加婚禮。不，才不要！他不肯起床。拜託，羅珊娜，妳也別去參加婚禮！什麼？不去看我的小姪女黛莉莎結婚？你也應該來呀，你這不信教的老頭子，你不喜歡黛莉莎嗎？

但今晨伯爵病了，爬不下床，一直咳嗽，瞪著手帕上不祥的血跡。

「我快死了，羅珊娜。別離開我。」

新郎很早就到了，魁梧高大的野蠻粗漢，跟黛莉莎父親一個樣。他在祭壇前就位，眾人窸窣欠動。風琴聲輕柔響起。

遲到的羅珊娜心緒不寧，衣衫凌亂，悄悄溜進教堂。

1.〔《李爾王》第三幕第四景。此句為本書譯者自譯。〕

教堂前，黛莉莎跨出紙花裝飾的馬車。現在她真的擔心起來，拚命四顧尋找強尼。母親再度親吻她，這次女孩沒回應，她滿肚子心事。她母親和門多薩家族的女眷進入教堂。她父親稍微打扮了一下，靴子擦亮了，伸出手臂要挽她。

她沿著教堂走道前進，賓客發出傳統的驚嘆——真美呀！儘管她眼睛滿教堂亂轉，尋找她的救星。他到底在哪?他要怎麼救我?

琴聲結束。

黛莉莎來到新郎身旁。隔著面紗，她迅速瞥他一眼，眼神極度不悅。神父開始主持婚禮。

強尼掀開桌布，跳上祭壇，直接朝目瞪口呆的門多薩開火。

門多薩向後翻倒，滾下祭壇台階。

一片沈默。然後，叫喊。然後，槍聲。一片大亂！

但沒有一顆子彈碰得到強尼。新郎撲向他，他射中新郎，然後朝門多薩那群亡命之徒開了第三——第四槍——兩人倒地。

身穿婚紗華服的黛莉莎呆立無言，震驚之至。

她母親哭嚎著衝出人群，衝向死去的丈夫。

強尼瞄準，射中瑪麗亞，她死在丈夫屍體上。

黛莉莎終於醒過來，衝過教堂的一片大亂；她嚇壞了，這是世界末日。

羅珊娜掙脫人群，追在她後面，教堂裡亂糟糟滿是槍響、嘈雜、火藥煙霧。

教堂外，女孩和婦人碰上。黛莉莎說不出話來。羅珊娜抱抱她，抓住她的手，拉著她往妓院走去。

強尼奪門而出，現在他像隻瘋狗，熊熊燃燒，狂怒，致命——手上拿著槍。

浮泡池塘旁，羅珊娜聽見強尼追來，拉著黛莉莎走得更快、更快——女孩絆到了裙襬，白蕾絲如今沾滿塵埃與血跡。更快、更快——他來了，殺人犯來了，魔鬼本尊來了！

伯爵的情婦和她心愛的小黛莉莎朝妓院跑，伯爵在窗旁望；她們朝他跑來，狂人緊追在後。

伯爵打開妓院的門。

他手裡拿著掛在吧台後牆上的來福槍。

慢慢的，顫抖的，他舉起槍。

他瞄準強尼。

黛莉莎看見他，掙脫羅珊娜的手，朝情人跑回去——為了保護他？某個對歇斯底里的她而言足夠的理由。

強尼嚇了一跳，停下腳步；這下老頭子跟他翻臉了，是吧？老頭子把他自己的魔法來福槍指向年輕人，指向新人了！

他瞄準伯爵，射出第七發子彈。

他已經忘記那是第七發，忘記一切，只知道殺人突然易如反掌。

他射出第七發子彈，黛莉莎倒地死在浮泡池塘旁，蕾絲後襬滑進水裡。

伯爵淚如泉湧。羅珊娜跪倒在死去的女孩身旁，徒勞地對她說話，輕輕合上她的眼。朝自己身上比畫十字。朝垮倒在妓院露台上哭泣的伯爵長長、狠狠瞪了一眼。

群眾湧出教堂。

強尼丟下槍，轉身，跑走。

尾聲

幾乎已是沙漠。奇形怪狀的白岩石，沙，熾熱太陽。強尼偷了門多薩家族一匹馬，現在馬在他身下垮倒。他伸手遮在眼上，遠處有個村子……

但這村子似乎已經廢棄。穿著音樂學生黑外套的他是個怪異破敗的身影，從井裡打水喝。終於，一個衣衫襤褸、又瘦又髒的小孩冒出破屋。

「天花來了。全死了，全死了。」

濁暗屋內，蒼蠅嗡嗡飛繞在一具未埋的屍體上。強尼乾嘔。他臉色慘白，發著高熱——你會說，看起來就像被魔鬼追似的。

村子盡頭，一個人在那裡眺望面前的大片沙漠，那人靠在牆邊，靜止得、沈默得乍看簡直與景物融成一片。他微笑，看強尼跌跌撞撞朝他走來。

「我在等你。」賣槍給強尼的印第安人說。「我們有筆交易要收尾。」

影子商人

我關掉引擎。並立刻引發如此突然、如此充滿迴響的安靜，彷彿熄火同時我親手變出了這熱氣蒸騰午後的噤聲沈寂、快要西下的熟透太陽、還有太平洋，就在崖壁遙遠下方將白沫浪緣摔得粉碎，聲響有如一千座遙遠的電影院風琴。

我永遠也不會習慣加州。三年了，還是著迷的訪客。不管多常失望，我還是情不自禁，還是不由自主充滿期待，還是老想著可能發生什麼美妙的事。

就叫我「天真的外國人」吧。

話說回來，男孩可以離開倫敦，但倫敦卻不會離開男孩。你會發現我對本地用詞熱心學習但有欠熟練，還是把汽油叫做「石油」，等等。我並不打算歸化，我不是來此久待的，只是前來朝聖。我像個朝聖者，把自己從世界的那一端，一座霧濛濛、光線只夠水彩畫的三角島的凌亂首都，驅趕至此，而在這裡，說得玄一點，光已成肉身[1]。

我研習光與幻象。也就是說，我是學電影的。當初第一眼看見那如今距此足有五小時辛苦車程之城的 HOLLYWOODLAND 字樣，我簡直覺得瞥見了聖杯。

現在，我正要拜訪一位傳奇人物，彷彿這是世上再平常不過的事。一個活生生的傳奇，像隻戚然海鳥在這孤獨懸崖頂上做窩。

我先走高速公路，然後轉上一條比較小的道路，接著又沿一條崎嶇小徑艱苦地開，直到來到小徑盡頭這片鋪碎石的停車場。此處另停有一輛滿是鳥糞的紅色豐田小貨車，那副落魄模樣已經有些年頭，車後裝載稻草。真奇怪，傳奇人物怎麼會開這種車。但我知道她就在這裡，在我面前的大門圍牆內，而我需要在海邊稍停片刻定定神，才能開始進行這場會晤。我下了車，湊近峭壁邊緣。

大海互相噓著又低笑，就像正片開演前燈暗之際的觀眾。

第一次看見太平洋時，我彷彿見到海神，但並不是我所知道的那些神祇，哦，完全不是。連波提切里筆下36B罩杯的頭號金髮美女[2]都不曾來到這處浪頭。

在大不列顛從未能統御的浪潮間，我的整套歐洲神話盡皆翻覆，於是我知道這片大海的居民自成一類[3]，只屬於他們自己的怪異神話。他們有最奇怪的眼睛，水晶體[4]安在支架上啪、啪閃眨，給你一秒二十四次的真實；軀體發出新藝綜合體的所有色調，但沒有縱深，沒有實質，沒有維度。他們屬於另一個完全陌生的眾神殿。美麗——但陌異一如外星人。

然而，我腦中多少想著外星人，或許是因為我在洛杉磯多少陌異得像個外星人，但也受到我執迷室友的影響。我正在收集論文資料，住在城裡一家新世紀書店兼健康食品餐廳樓上的公寓，室友是超級科幻迷，我很早以前偶然在巴塞隆納跟當時同樣鬧肚子的他結識相熟。現在他和我靠樓下日本女侍提供的糙米過活，我們兩人都跟她，呃，走得很近。他成天在講外星人，認為街上看到的大多數都

1.〔這裡是仿聖經中耶穌基督為「道成肉身」的說法。〕
2.〔指名畫〈維納斯的誕生〉（The birth of Venus）。〕
3.〔原文為拉丁文，sui generis。〕
4.〔lens 指水晶體，亦指光學儀器的鏡片，如攝影機的鏡頭。〕

是狡猾模擬人類的外星人，認為金星人是這一切陰謀背後的主使。

他說他對廣子的真實商數做過足夠測試，說她沒問題不是外星人，但從他的眼神看來，我猜他對我就不是那麼肯定了。當初在皇家廣場同病相憐的腹瀉，提供的友誼基礎頗為薄弱。我盡量少待在那地方，在學校裡避免惹人注目，回家時也盡我所知的可能表現出很人類的樣子，不管是回去吃點心、洗澡，還是——如果有機會的話——獲取廣子那奇妙有禮、缺乏私人性的肌膚之親。現在我這房東開始穿起皮衣。是不是快到該搬家的時候了？

一定是陽光把他們搞瘋的，這如今反射在嘶嘶作響太平洋上的珍貴白光，經過過濾就成了電影。*Ars Magna Lucis et Umbrae*，《光與影的偉大藝術》，四個世紀前在哥德式北方耍弄魔燈[5]的阿薩尼亞斯·喀爾徹如是說。

把我帶到這輝耀山頂的追尋對象，也是來自哥德式北方——他是死去多年的條頓幻象大師，玩弄光影純熟之至。你知道他叫做漢克·曼恩，「銀幕的黑暗天才」，具有「奧秘魔力」的導演，未獲賞識的巨人，等等等。

但是等一下，你可能會問，一個已死之人，不管多麼具有奧秘魔力，怎麼可能成為追尋的對象？

啊哈！原因就是他留在這棟崖頂房屋的那個女人，她的傳奇性部分來自身為他的寡婦。

他是她最後一任丈夫。起初（默片時代）她嫁給一個靈活得像特技演員的牛仔，後來他被一匹花斑馬掀翻在地，她改跟一個自稱維也納男高音的人，在有聲片早期合拍一陣子媚俗斃了的音樂劇。漢克・曼恩第一次看見她時，她在硬紙板做的危崖上大呼小叫唱著歌，他救走她，將她變成偶像。曼恩逝世後，她從此不再婚，在銀幕上的表演多了一種冰寒的威嚴，是一個對禁慾生活能夠欣賞享受（雖然有點晚了）的人。她也沒有再拍過任何愛情戲。

若你是正牌影迷，就會知道他原名漢利希・馮・曼海姆。他早期在UFA[6]

5.〔早期的幻燈機。〕

6.〔Universum Film Aktiengesellschaft，結合數間較小片廠、一九一七年成立於德國的重要跨國製片公司，發行過許多重要影片，包括表現主義大作《卡里加利博士的小屋》，開啟了德國電影「黃金時代」。〕

的作品，有兩三份目錄中的一兩部片名殘存下來，再加上若干褪色磨損的劇照。

我與曼恩遺孀通信，她的信是口述由筆跡難以卒讀的另一人代筆，最後終於對我做出此次邀請，我幾乎樂得驚呆了。你要明白，我論文寫的就是曼海姆，他已經成為我的寵物，我的嗜好，我的執迷。

但你必須明白，我這只是顧左右而言他，完全因為太過緊張。她絕不、遠不只是一個好萊塢名人的寡婦而已，她是明星中的明星，最偉大的一位……《時代》雜誌稱她為「電影的精魄」，她八十歲生日時第七度登上該雜誌封面，微笑有如晴天陽光照在瓷器廠，被時間以永不褪色效果漂淡的鬈髮上披著及肩的白蕾絲頭紗。而她竟然邀請了我，我耶！請我到她家聊個天，喝一杯，在這曖昧的時間，馬丁尼時刻，藍色時刻，把一天疊起收好，搖出令人興奮的夜晚。

只不過她鐵定已不再期待令人興奮的時光。她已經變成廣子她們國家的人所稱的「活國寶」。毫無年齡痕跡的一個十年又一個十年，一部電影又一部電影，「天空中最偉大的星」，這是預告片的廣告詞。她並沒有什麼特殊魔力，不像莉莉安・姬許、或露西・布魯克斯、或瑪琳・黛德麗、或葛麗泰・嘉寶，她們都具備那種能顯現出他者性的天賦。她確實帶些「別碰我」的味道，使她成為四〇年代黑色電影女主角的不二人選。除此之外，她有的只是不尋常的持久耐看，彷彿在光與影的偉大藝術之下隨著時間流逝不斷重生。

有一點頗怪。如同史文加利[7]，漢克．曼恩也是死後才功成名就。儘管是他為她灑上星塵（在那之前她不是明星，只是「主演」），但直到他退休去到天上的那個大剪接室，她的職業生涯才出現明星的魔幻魅力。

牆內看不見的花園隨風吹來茉莉香，我深吸一口氣。然後檢查公事包：筆記本、錄音機、錄音帶，又檢查錄音機，確定裡面有帶子。我緊張得要死。然後別無他途，只能一手提著公事包，鼓起勇氣大步走到她寓所大門前。

鑄鐵大門彎彎曲曲的花紋後有一層鋅板，使人無法往裡張望。我伸手剛要按門鈴，大門就吱嘎一聲自動開了，放我進去，然後再度關上，發出令人不安的、蓋棺論定似的匡噹一聲。這下，我進來了。

7.〔Svengali，法國小說家 George du Maurier 暢銷作品《崔爾碧》（Trilby）中的邪惡催眠師。〕

一架飛機打破逐漸變暗的天盤，它經過後天空又再度封合。花園裡非常安靜。沒有人出來接我。

一道粗略鑿成的石階通往一個游泳池，池邊圍繞一叢叢氣味芳香的各種草，我認出薰衣草的味道。一兩棵樹的夏末落葉掉在浮沫水面上，看見那池子我忍不住打起哆嗦，原因我待會告訴你。池子乏人照料，長滿一層翠綠地毯似的藻類，上面漂著一副破了一邊的墨鏡，還有個琴酒空瓶。

露台上，兩把生鏽的白珐瑯椅，一張歪一邊的桌。然後，一圈柳杉圍繞下，是那棟曼海姆為新娘蓋的房屋。

跟那棟房屋相較之下，連包浩斯風格都顯得巴洛克。那是個嚴峻樸素的純玻璃方塊，顯示出最嚴格的透明幾何。然而在那一刻，它接收了夕陽的所有紅光，閃閃發亮像隻紅寶石拖鞋。我知道那閃爍發亮的寬廣客廳的牆開了條縫讓我——獨獨讓我——進去，但我心想，唔，若沒人反對，我想在這露台上多待一會兒，遠離那玻璃盒子，它像透了古典現代主義的白雪公主棺材。讓女士出來找我吧。

沒有聲響，只有遙遠低沈的大海低音；一兩隻海鷗；噓著要彼此噤聲的松樹。

於是我等，等了又等。我發現自己在納悶茉莉花香讓我聯想到什麼，以便不去想我太清楚那該死游泳池讓我聯想到的東西……當然是《紅樓金粉》。我也太清楚，當然太該死的清楚，我的漢克・曼恩就是死在眼前這池子裡，那是一九四〇年，好久好久以前，早在我甚至我的好母親呱呱落地之前。

我等著，直到發現自己愈來愈不耐煩。「電影的精魄」要怎麼召喚？燒一點爆米花和舊影迷雜誌當供品？以「傑耶消毒水」混合「齊亞歐拉柳橙汁」[8]做奠酒？

我發現自己懷恨地肯定著自己，心想我對她老公可也略有所知，其中一兩件事她可能從來不曉得。比方說，他祖母娘家姓恩斯特。我知道他加入UFA，稱霸剪接室。他在德國播下一個兒子的種，之後很快就離開了，而我跟那兒子談過。六十出頭的老頭兒，人挺好，是退休的銀行職員，一九四二到四六年關在英國諾福

8.〔早期電影院廣告常以「每日噴灑『傑耶消毒水』（Jeyes' Fluid）」之類的語句強調內部環境的清潔衛生；「齊亞歐拉柳橙汁」（Kia Ora orange）則是電影院販賣部常見的典型飲料。〕

克的戰俘營，英文說得一級棒，從沒見過自己父親，心中也毫無怨恨。由身為演員的第一任曼海姆太太一手帶大。他給我看了張照片：畫著濃重眼線的眼睛，表現主義的顴骨，是曼海姆在ＵＦＡ的短片《厄瑟家的崩塌》[9]的女主角，該片現已佚失。曼海姆太太死於德勒斯登空襲大火，她兒子對此也不表怨恨，讓我覺得很慚愧，直到他告訴我最後她成了一個納粹軍官的情婦。然後我才感覺好一點。

我也親自拜訪過第二任曼恩太太，她是退休的辦公室清潔工，現居洛杉磯市中心，擔任全職酒鬼。以前曾是個小明星，但缺乏曝光機會終結了她的演藝生涯。歲月在她身上留下殘酷痕跡。她模糊記得他，一個她嫁過的男人。那時她宿醉，他搬進她公寓。她仍然宿醉，然後他搬走。老天，好一場宿醉。他們離婚，她另嫁別人，那人的名字她想不起來了。她接受了我的十塊錢，有一種習以為常的不以為意和優雅風度。我想不通他為什麼娶她，她也不記得了。

總之，我捐了十塊美金，收起錄音機，她彷彿因為收了錢而感覺欠我些什麼，開始在堆滿她那單房住處的箱子——有鞋盒，有酒箱——裡翻翻找找。東西翻出散落滿地，絲綢舞鞋，舊帽子，假花，灑出的蜜粉揚起一陣雲霧，雲霧中她勝利地喘著氣，找出一張照片。

過期的色情是最富古趣的東西。那是一張刻意擺出姿勢的打屁股照片。我立刻認出他那張古怪、柔軟、蒼白、容易塑形的臉，那整頭往後梳齊的金髮，那嘴鬍鬚，儘管他穿著制服背心裙、吊襪帶和黑色絲襪，趴靠在第二任曼恩太太膝蓋上。她穿著連身皮胸罩和漂亮靴子，一手舉起正準備打他裸露的屁股，轉向鏡頭咧齒而笑。當時她挺漂亮的，弄濕壓平的捲捲髮綹貼在前額和兩鬢。她說給她兩百塊我就可以拿走這張照片，但我的預算很緊，想想這張照片也不會為電影史增色多少。

曼海姆很有先見之明地及時離開德國，但他在好萊塢得重新開始，從最低層幹起（請見諒其中的雙關之意）。然而他很快就一路攀升，副藝術指導，副導，導演。

曼恩好萊塢時期的傑作，當然是一九三七年由查爾斯・羅頓主演的《萬夫莫敵》。羅頓的龐然軀體自大大小小的黑影游進熾熱光亮，像深海怪獸，一頭巨大黑鯨。那電影像惡夢在你腦海揮之不去。曼恩並不嘗試製造過去感，但《萬夫莫

9.〔愛倫・坡的著名短篇小說。〕

敵》看來好像就是在中古世紀拍的——滴水嘴怪獸的臉，挨餓受凍的消瘦扭曲身體，一種有限世界的幽閉恐懼，充滿長期的、擠塞的不自由。

電影的精魄在《萬夫莫敵》驚鴻一瞥，出現在一場類似玫瑰十字會的女巫狂歡夜，扮演諾斯提教的智慧女神索菲亞。那時他們已經結婚了。這場女巫狂歡夜中，曼恩要他的新娘裸體上陣，當時引發相當騷動，最後他被迫只拍她一張臉，飄浮在具暗示意味的陰影上。確實很有暗示意味：他這巧妙的障眼戲法產生了兩個傳說，其一是——這點只要看過他其他作品的內行人都能輕易判斷為假——她有業界最大的胸脯；其二就沒那麼容易打消，說她從胸口到膝蓋都長滿濃密體毛。就連曼恩的前任副導都相信後者。「毛茸茸跟蜘蛛似的。」這是他對她的形容。「也跟蜘蛛一樣致命。」我偷帶了半品脫的傑克丹尼爾波本威士忌到他的老人病房，他說了一堆惡毒的話，警告我來見她要帶蛇毒急救箱。

不消說，《萬夫莫敵》是電影史上數一數二的票房災難。他多年夢想的《浮士德》拍片計畫於是遭到擱置，他本希望讓電影精魄飾演葛瑞倩或梅菲斯托，或者一人分飾葛瑞倩以及梅非斯托兩角，他接受不同訪問時有不同的說法。曼恩被迫代工拍一部不入流的通俗劇，由精魄飾演一對雙胞胎，戴金假髮的好女孩和戴黑假髮的壞女孩，此後他的事業再也不曾鹹魚翻生，她能倖免於難實在是奇蹟。

這部招來一致劣評的惡名昭彰爛片發行後不久，他便來了《星夢淚痕》那一招，只不過他走進的不是大海而是游泳池，就是那裡那座，池裡被他遺孀丟了玻璃用具。

至於電影精魄後來找了個新導演，謠傳她還做了一點，只有一點點，整型手術，次年便贏得她的第一座奧斯卡獎。此後她扶搖直上，儘管永遠把這悲劇披在身上，像寡婦永遠披著面紗，為她增添一種令人毛骨悚然的魅力，像位浴火重生的遙遠公主。

這位公主喜歡讓客人等。

我緊張不安，在露台東張西望，最後在花圃的潮濕泥土上看見一樣好生奇怪的東西。

潮濕，表示剛澆過水，但澆水的不是那個留下驚人足跡的不知什麼東西。我沒狩獵過大型野獸，但我敢發誓，泥土上那痕跡，彷彿中國戲院外新按在水泥上的手印，是一隻巨大有爪的獸掌（除非那是老虎百合的腳印）。

你知道獅子老了鬃毛會變灰嗎？我以前不知道。但此刻從柳杉下某叢香草後鑽出一隻年邁大貓，牠身體的毛茸茸屋簷就全覆了一層雪。突然看到我，牠似乎跟我突然撞見牠一樣吃了一驚。我們四目相對。牠的鼻子像拳擊手一樣曾經折斷。然後牠的巨頭往旁一側，張開嘴——老天，牠口氣真難聞——發出咆哮，好似貝多芬第九交響曲最後一個樂章。只消隨便一揮掌，牠就能讓我一屁股飛出懸崖，掉在此處和夏威夷中間點的大海裡。雖然看見牠的牙齒全被拔掉，我也不覺得比較安心。

「哎呀，好啦，貓咪，他可不想被你用牙床咬死。」一個粗嘎、瘖啞、年老、只剩一點女性的聲音說。「去找媽媽，快去，這才乖。」

獅子喉嚨發出低吼，但小跑進屋去了，乖得令人感動，我這才重新開始呼吸——我發現自己不知怎麼有一小段時間都沒呼吸——跌坐進露台的白色金屬椅。我可憐的心噗通亂跳，但那個從逐漸變暗的某處冒出來的人物既沒道歉、也沒對我深受驚嚇表示關切，只是站在那裡，雙手扠腰，用諷刺銳利的藍眼審視我。

她手拿一座有許多分支的不鏽鋼燭台，燭台的設計簡潔得驚人，跟她一身打扮格格不入。她簡直像落伍的老式伐木工，格子襯衫，藍色牛仔褲，工作靴，非常男性化的皮帶，皮帶扣是個好大的銀骷髏加兩根交叉骨頭。她頭上像印第安人綁著紅頭巾，底下露出粗亂推平的灰髮，皮膚滿是皺皺細紋，好似帕瑪森乳酪表面，顏色是油灰的那種灰。

「你就那個要來寫論文的？」她問。完全是山區鄉巴佬的語彙。

我語無倫次地回答。

「他要來寫論文。」她諷刺地自言自語重複一遍，讓我更不安的是還再度逕自啞笑起來。

但此刻一聲震耳欲聾的咆哮宣布好戲即將上演。這個「水壺大媽」，或者「水壺老爹」[10]，把燭台放在露台桌上，俐落朝褲子臀部一擦點起一根火柴，點燃

10.〔Ma & Pa Kettle 是美國五〇年代一系列喜劇電影的主角，扮演這對角色的銀幕搭檔後也以此為名。〕

蠟燭，驅散逐漸四合的暮色，此時她滑出門來。用滑的。她坐在包象牙色皮革的鉻鋼輪椅，彷彿那是可移動式的王座，右手隨意擱在獅子鬃毛上。好一幅景象。

她為這次訪問花了多少時間打扮？好幾個小時。好幾天。好幾週。她身穿白綢斜裁蕾絲滾邊睡衣，大約是一九三五年的樣式，皮膚是百分之百蜜絲佛陀糖杏仁色澤，我想她戴著假髮，因為那頭雪白鬈髮捲得太精準了。她身上只有這假髮過了火，使她看似蛇髮女妖美杜莎。她的嘴巴看起來有點滑稽，因為年老的嘴唇已薄得消失了，只剩下用紅色畫出的一個不規則四邊形。

但她看來比實際年齡年輕，年輕得多——哦，是的；她看來足足年輕了十到十五歲，儘管我並不認為她努力打扮成這樣是想製造性感老太太的效果。但是她的模樣令人印象深刻。深刻得不得了。

而且你立刻知道這就是那張傾國傾城的臉。不是因為那身老骨頭裡仍悶燒著殘餘的美，她已經超越了美，但她昂首的姿態，某種不可一世的傲慢，要求你看著她，而且目不轉睛。

我立刻自動扮演起舞男的角色，執起她的手一吻，說道：「太榮幸了」，然後鞠躬。要不是穿的是球鞋，我還會併攏腳跟發出喀噠聲。電影精魄似乎蠻高興，不過並不驚訝，但她不能微笑，怕臉上的妝會綹。她喉頭發出低聲對我打招呼，用非常奇特的眼神看我，與那眼神相較之下獅子的眼神簡直如草食動物般溫馴。

我被嚇呆了。她把我嚇呆了。這就是她的明星特質。原來是這個意思！我心想。我以前從未，以後也不太可能，遇到如此強大的精神力量，從那坐著輪椅、身穿古董睡衣的纖弱嬌小老太太身上源源而出。而且，是的，其中確實有不可否認的情慾，儘管她老得一如山丘；彷彿被人注視能灌注她無比的性電力，而那股力量又反彈回觀者身上，彷彿她內在有某種機制將你的眼神轉化為性能量。我不算六神無主，但納悶自己是否消受得起，知道我意思吧。

這整段時間我都在想，那句話都不停在我腦中迴響：「幽靈自地窖再起了！」

夜色絕對讓茉莉花香變得更濃郁。

她喉頭發出低聲對我打招呼，聲音已變得很微弱，你必須蹲下才聽得見，讓她含過口香片的呼吸吹在你臉頰，你看得出她很愛讓別人蹲低身子。

「我妹妹。」她沙啞說道，指指那位伐木工女士，她正看著這場主導與臣服的演出，雙手大拇指插在皮帶裡，臉上的犬儒神色依然濃烈。居然是她妹妹，老天。

獅子用頭蹭我的腿，嚇得我驚跳起來，她往牠發灰的鬃毛連捶好幾下。

「這位是——哦！你一定已經看過牠一千次了，比我們任何一個演員曝光機率都高。請容我介紹里歐，以前任職米高梅。」

老獸把頭一歪，再度發出毫無疑問的咆哮，彷彿介紹自己。米老鼠是她的司機，每天早上她都騎「扳機」[11]散步。

「為藝術而藝術。」[12]她提醒我，彷彿猜到我的思緒。「他們讓牠退休之後，這可憐的孩子能上哪去呢？沒人願意碰過氣明星。所以牠就到這兒來，跟媽媽一起住了，是不是啊，親愛的。」

「喝酒！」妹妹宣布，大模大樣推來一滿車叮叮噹噹的酒瓶。

在池邊喝過三杯馬丁尼（琴酒，擠一點檸檬）之後，我想該提起漢克．曼恩這個話題了。那時天色已經漆黑，亮著幾顆星，夜晚的聲響，海潮的聲響，金屬椅子的吱嘎，這椅子八成故意設計成這樣好擠爛你的卵蛋，設計的人搞不好就是那個男人婆妹妹。但我很難插嘴，電影精魄正在俐落地檢查我的電影史知識。

「不是，藝術指導當然不是班．卡瑞，這麼想真荒謬！……我的天，年輕人，華勒斯．瑞德那時候早就死了埋了，我們總算擺脫了差勁的廢物……伊迪絲．海德？伊迪絲．海德設計了南西．卡蘿爾那套漆皮晚禮服？是誰把這念頭放進你小腦袋瓜的？」

獅子不時用砂紙般的舌頭舔舔我手背，彷彿表示同情。男人婆琴酒一杯杯灌，速度與我二比一，不時還發出響亮吱嘎聲，像一扇老舊的門。

「不對，不對，不對，年輕人！羅頓絕對沒有自虐上癮！」

黑暗中我突然想到，那夢幻的茉莉香味不是從哪裡的花叢傳來，而是直接出自《雙重保險》的開場戲，記得嗎？我有種可怕的感覺，感覺這是羞辱的開端，是即將到來的情慾劫難，不禁打個哆嗦，明察秋毫的妹妹又往我杯裡一口氣倒了半品脫琴酒，也許是安慰我，也許是與她共謀。

11.〔西部片演員洛伊．羅傑斯的馬。〕

12.〔原文為拉丁文，Ars gratia gratis。〕

然後妹妹打個大嗝，宣布：「我去尿個尿。」

她顯然具備夜視能力，大步走進暮色，不久便傳來淅瀝瀝水聲。就如廁訓練而言她已經反璞歸真，省下了繁文縟節。妹妹小便的粗魯聲響使我又回到現實。我緊握酒杯，只為抓住某樣實物。

「差不多是那時候，」我說：「妳認識了漢克．曼恩。」

夜色與燭光使那張紅嘴變黑，但她的綢裳亮得像充滿浮游生物的水。

「不是漢克，是漢利希。」她發出矯正牙齒似的聲音糾正我。然後似乎就此恍惚出神，因為她眼神隨即定在不遠的遠方，沒再說話。

我求之不得地趁她不注意把杯中琴酒倒在椅旁，相信到明天早上就看不出這是酒還是獅子尿了。妹妹整理衣著，骷髏皮帶扣叮噹響動，走回來，兩手交替拋接著冰塊和檸檬片，彷彿什麼不合宜的事都沒發生。然後，以完全正常、簡直像閒聊的口吻，精魄說：「白色的吻，紅色的吻。小型平台鋼琴上放著裝古柯鹼的金盒子。那年頭。」

妹妹嘖嘖出聲，可能表示不耐。

「我看妳已經喝飽了。」妹妹說。「我看妳有點欠揍。」

這對精魄有點激將作用，她輕笑一聲傾身拿琴酒，幸好酒放在她搆得到的範圍。她新倒一杯酒，沒幾秒就下了肚，然後左手做個含糊手勢，不小心打到獅子耳朵。獅子本來已經盹著，現在被打擾，發出不滿的咕噥，像空空如也的胃。

「他們看她的臉看太多，把它磨損了。所以我們替她做了張新臉。」

「嘻呵，嘻呵。」妹妹說。她不是在學驢叫，而是在大笑。

精魄靠著輪椅扶手，犀利看我一眼。我有種感覺，我們已經越過某處邊際。還南西．卡蘿爾的晚禮服呢，跟真的一樣。胡扯夠了。現在我們來到了不同的層面。

「我以前常想著轉經輪。」她告訴我。「夜復一夜，代人祈禱的轉經輪在熄燈的黑暗大教堂裡不停轉動，那些圓頂、鍍金的信仰會堂，那些『國賓』、那些『豪華』、那些『皇宮』，在那些奇蹟洞窟，夢裡的生物可以現身走動在人眼前。轉經輪轉出微妙的光之線，織出那虔敬年代的祈禱書，那是最後一個偉大的宗教年代。而黑暗裡那些好人，那些虔誠會眾，那些有福之人，他們往前傾身，他們向上企求，他們吸收了傳送出的神聖之光。

「現在，神父是將欲望的回文字詞印在會眾身上的人；但他投射在宇宙上的是誰？另一個人嗎？或者，是他自己？」

這些話全出乎我意料之外。我與盤旋腦中的琴酒酒氣奮戰，我需要保持全副神智清醒。隨著每一刻流逝，她變得愈來愈滿口格言。我偷偷摸索公事包，想準備好錄音機，可不是嗎，她這番話的語氣簡直就像曼海姆本人哪。

「是他詮釋精魄，還者精魄透過他說話？或者他，一直都只是個影子商人而已？

「呃。」她打個小嗝打斷自己的話。

然後，視力絲毫不受時間或酒精影響的妹妹，伸出穿著長褲的腿，俐落安靜地一腳把我的公事包踢進池裡，它噗通一聲沈下去。

我的曼海姆檔案落得與他本人相同的下場，儘管這當中帶點報應不爽的詩之正義，但我必須承認這時我強烈恐懼起來，甚至想到她們可能把我騙來這裡殺死，這個電影女妖和她詭異的輔祭助手。別忘了，她們把我灌得相當醉，這是個沒有月亮的晚上，我又離家好遠，無助困在這些只可能存在於加州的生物之間，在陽光製造電影、製造瘋狂的加州。而她們其中一人剛剛武斷地擊沈了我這寄生行當的可憐小工具，我變得赤裸裸任她們宰割。好心的獅子搖搖頭醒來，再度舔我的手，也許是想讓我安心，但我沒料到牠會有此一舔，差點嚇得魂不附體。

精魄再度開言。

「她只算半退休，你知道。她每天早上仍然花三個小時看劇本，郵差背著那些劇本蹣跚走上她的崖頂隱居所，背都快斷了。

「年齡並未使她凋萎，我們確保了這一點，年輕人。她在黑暗中仍會發光，因為我們不是一起發現了永生不朽的秘密嗎？幾乎存在且只存在於觀者眼中，就像真正的奇蹟？」

我不能說以下這個推論讓我安心：這位女士某種程度上被附身了，因此完全有權用第三人稱稱呼自己，用腹語術般虛幻不實的聲音說話，那聲音刮刺耳朵一如煙刮刺喉底。但她被誰或被什麼附身？我可以告訴你，當時我感覺非常接近漢利希・曼海姆的不安魂魄，以及光與影的偉大藝術之形上學。說到後者——阿薩尼亞斯・

喀爾徹另著有*Spectacula Paradoxa Rerum*（一六二四），即《宇宙弔詭劇場》。

現在她眼皮往下垂，完全閉上之際她的嘴也開了，但沒再說話。

妹妹打破沈默，彷彿放屁。

「差不多就這樣了，年輕人。」她說。「論文材料夠了吧？」

她一把撐起自己，呼出一口大氣，大得——可怕呀！——吹滅了所有的蠟燭，然後——愈來愈糟糕！——她丟下我一個人跟精魄獨處。但什麼事都沒發生，因為精魄似乎已經過去了，就算不是死去也是昏過去，癱倒在輪椅上，那發自內在、使她綢裳發亮的光芒也告熄滅。我什麼也看不見，直到藏在四周松林裡的大燈整片亮起，將一切照得清晰有如白日，老太太，昏昏欲睡的獅子，喝光的飲料推車，被我緊張的雙腳踩扁在露台上的檸檬片，地磚裂縫中冒出的小小植物，游泳池的黑水，而我過於興奮、突然被光刺傷的感官出現幻覺，竟以為那裡面有一具屍體。

我頭很痛，拚命眨眼張望，那屍體終於變得清楚，變成我的公事包，攤開了，零星紙張和錄音帶盒散落漂浮在水面。我給自己再倒一杯琴酒定定神。妹妹再度出現，就在我右後方，害我手肘一縮，琴酒潑濕自己的牛仔褲。她的印第安頭巾俏皮地歪到一邊，讓她有種海盜味道。近看之下，她那毀了的皮膚下清晰可見的骨架輪廓讓我想起某個人，但我太冷、太醉、又太沮喪，才不在乎那人是誰。她又自顧自啞笑起來。

「我們恨透你們這些帶錄音機的。」她說。「我們這些人認為你們在我們墳墓上跳舞。」

她一腳踩開輪椅煞車，俐落地把輪椅和椅上不省人事的乘客推回屋裡。獅子醒了，打個呵欠，嘴張得像聖安德瑞亞斷層的開口，跟著走去。拉門拉上了。片刻後，先前看不見的猩紅簾幕沿著玻璃屋牆一路拉上掩起，一切就此結束。我半預期看見簾幕上打出「劇終」字樣，但燈光接著就熄了，我陷入黑暗。

我不想摸黑爬下通往門口那道瘋狂階梯，乾脆瞎摸索抓住琴酒瓶，嘴湊著瓶口啜飲，直到不安穩地昏睡過去。

然後醒在冷冷的山邊。

唔，不完全是。我醒來發現自己塞在我那輛福斯的後座，車停在崖頂，旁邊是那輛豐田貨車，那是黎明前的灰濛時刻，我的前額葉和全身關節都疼痛不堪。我連試都沒去試著敲開那屋的大門。我爬出車子，抖抖身體，然後上車，直接開回家去。過了一會兒，在那條通往公路的危險路徑上，我在後視鏡中看見一輛車從後面接近。是那輛紅色豐田貨車，開車的當然是妹妹。

她以違法的速度超過我，樂得猛按喇叭，揮揮手，臉上咧出一個沒牙的微笑。看見這微笑，儘管沒了牙，我陡然醒悟她讓我想起誰——一個穿著連身寬褶裙、站在硬紙板阿爾卑斯山上的女孩，微笑著，因為終於看見即將解救她的男人朝她走來……若是先前我沒有，為了學術理由，坐在小型看片間打著呵欠看完那部有夠爛的輕歌劇，我一定連猜都猜不到。

她一定很恨電影。恨透了。她車後載著獅子，一人一獅看來兜風得挺愉快。里歐八成也受夠了對鏡頭微笑。她們停在懸崖那條路的入口，頗為有禮地等待，等著我安全駛入繁忙交通，駛出她們的生活。

她們是怎麼找到屍體取代曼海姆的？在南加州，屍體並不難弄吧，我想。我納悶，不知這麼多年後，她們是否終於決定讓我加入她們的化妝舞會。如果是，又為什麼。

也許，構築如此瞞天過海的傑作之後，曼海姆不甘心就這麼死去，總要在某個地方留下一點點線索，暗示他如何造就然後變成了她，變成了比她自己以前更出色的她，想要跟他最後一個小小輔祭，也就是我，分享這最賣座作品的秘密。但，更可能他只是抗拒不了想再一次化身為電影的精魄，不能讓他的眾多影迷失望……因為她們並不知道我已先看過一張他穿女裝的照片，不是嗎，儘管那年頭他還留著一抹鬍鬚。正是記起了第二任曼恩太太的照片，使我腦海中再無懷疑，確定實情便是如此，儘管這樣並沒能讓我感覺稍微自在一點。

在健康食品餐廳，廣子用骯髒抹布擦去胡蘿蔔汁，給我吃糙米配灑了蔥薑末的冷豆腐，厭惡地噘起嘴唇：她自己只吃肯德基炸雞。下午過了一半，此時生意清淡，我想要她跟我上樓一會兒，提醒我肉體不只是光與幻象，但她搖頭。

「無聊。」她這話說得真刺耳。過一會兒她又加了幾句，不過語氣並沒有和解之意：「不只是你。一切。加州。我看過這部電影了。我要回家了。」

「妳不是說妳在家鄉覺得自己像個外星敵人嗎，廣子。」

她聳聳肩，透過午夜色的瀏海瞪著屋外白色陽光。

「熟悉的惡魔總比不熟悉的好。」她說。

我醒悟我對她來說只是一株野燕麥，旅途上的一個腳註，儘管她對我而言也是如此，但我心情依然低落下來，醒悟到自己有多麼邊緣，突然也想回家了，渴望再度看見雨，看見電視那種俗世媒體。

鬼船——一則聖誕故事

任何人，若於聖誕節或任何類似節日，以停止勞動，或舉行盛宴，或任何其他方式慶祝前述節日者，各郡應科以罰金，每人每項犯行五先令。

一六五九年五月，麻州法院頒布之法條，後於一六八一年更改

聖誕前夕。平安夜，聖善夜，滿地積雪又厚又平又鬆軟，等等、等等；讓這些字句召喚出人們對聖誕夜魔力的傳統期待，然後——把它忘了。把它忘了。儘管波士頓灣上的皓月使得萬暗中，光華射，但岸邊這如今深鎖於岌岌可危的冬季之夢中的村子將不會有聖誕節可言。

（夢境，是無法審查的。要是有辦法，他們會把夢也禁掉。）

那時候——我們現在談的可是很久以前，大約三又四分之一個世紀前——這些人初來乍到，才剛把自己名字潦草塗寫在當時仍是一頁空白的美洲大陸上，他們的意圖就跟雪地一樣潔白、一樣純正。

他們計畫把字寫得更大，他們計畫在此刻下上帝之名。因為他們如此虔誠，虔誠得要命，所以明天，聖誕節當天，他們將起床，祈禱，然後照常工作，一如平日。

對他們而言，每一日都是聖日，但沒有一日是假日。

新英格蘭是他們剛翻開的嶄新一頁，舊英格蘭是他們家鄉的兄弟才剛——他們最近不是打贏了英格蘭內戰嗎？——公開的家醜。為了維護信仰純正，家鄉的兄弟姊妹破除教堂裡的雕刻人像，禁絕演員男扮女裝的劇場，砍倒村莊裡的五月柱[1]，因為這樣迎接春天太充滿性狂歡意味。

這些都沒什麼特別激進的，就清教徒的基本前提而言。在植物汁液愈來愈充沛的時節，五月柱驕傲挺勃站在村裡綠地上，任誰都能一眼看出它是淫亂的工具。光是想到卡頓·馬瑟[2]頭上插花繞著五月柱跳舞，就夠讓人頭暈目眩。不行。

清教徒最偉大的天才在於能嗅出任何異教遺緒，例如節慶時以冬青裝飾房屋這種習俗；他們完全有本事成為社會人類學家！

他們厭惡那位可愛女士抱著活潑寶寶的聖像——聖母偶像崇拜，雕刻人像！——也厭惡節慶活動此一概念本身，只是後者比較沒那麼明顯。讓他們不高興的是歡慶這一點。

然而，這絕對是種噁心的異教活動，竟以大吃、醉酒、淫穢莽戲[3]和扮裝表演來迎接救世主的誕生。

在這新天地，我們可不要那種骯髒東西。

1.〔古時英國鄉間有慶祝五朔節（五月一日）的習俗，村子廣場中央立起木柱，上插山楂花，青年男女拉著柱上垂下的彩帶，繞柱歌舞遊戲。〕

2.〔Cotton Mather（1663-1728），美國牧師。〕

3.〔mumming play 此處姑譯為「莽戲」，是英格蘭民間傳統戲劇，興起於十八世紀，戲文以口述方式流傳，演員皆為男性，於聖誕節演出，劇情內容基本上代表冬季之死與春季之復活，如後文提及土耳其騎士死而復活便是一例。〕

不用了，多謝。

午夜將近，牛棚裡的牲畜搖搖晃晃跪下致敬，經過一千六百個英格蘭冬季的長久習俗，牠們都慣於如此模仿當年伯利恆馬廄裡的牲畜；然後牠們記起自己身在何處，於是急忙停止偶像崇拜，爬起身來。

波士頓灣，平靜如牛奶，黑如墨，滑順如絲。突然間，就在夜晚轉動紡錘，準備織出黑暗夜色之際，也就是其他地方可能稱為「女巫魔法時刻」的時候——

我看見三艘船駛進，
在聖誕節，聖誕節，
我看見三艘船駛進
在聖誕節早晨。

三艘船，沈默有如鬼船，往昔聖誕[4]的鬼船。

那三艘船上有什麼？

並非那首老歌所說的「聖母馬利亞與聖嬰」：若真是那樣，新世界的歷史會遭受嚴重傷害，搞不好連現在你讀的這篇東西都不會是英文寫成。不。想像力必須遵守現實法則。(至少遵守其中一些。)

因此我想像第一艘船綠葉蔥鬱，建材是爬滿青苔的聖誕圓木繫以長春藤，滿載象徵馬利亞的玫瑰與代表她子宮的石榴；一株華蓋成蔭的櫻桃樹充當桅杆，不時彎腰把成熟果實散落在水上，紀念如今新英格蘭無人歡唱的聖誕頌歌。那首〈聖誕樹頌歌〉講的是，馬利亞請約瑟為她摘些櫻桃，他嫉妒又怨恨地叫她找她

4.〔典出狄更斯《聖誕頌歌》，毫無聖誕精神的守財奴主角接連被「往昔聖誕」、「當下聖誕」及「未來聖誕」三個鬼魂造訪。〕

那未出生孩子的父親來摘——此話一出口，櫻桃樹便低低彎下腰，枝椏上的櫻桃幾乎垂到她膝上。

這株魔法櫻桃樹椏杈上攀滿了在此同樣遭禁的槲寄生，打從開天闢地以來它便被視為神聖，以往德魯伊[5]都以小銀鐮刀將之割下，在全歐各地有巨石的地方舉行充滿獸性的季節更迭儀式。

然而還有更多槲寄生懸在長青樹的親切枝椏間，要人親吻，邀人自由交換珍貴的體液。

那束掛著紅蘋果、綁著紅緞帶的冬青又是什麼？咦，當然是敬酒束啊。敬酒束的用法如下：你一手拿它，一手拿一壺蘋果酒，請園裡的蘋果樹喝一杯共度聖誕。在桑姆塞各地，在杜塞各地，在舊英格蘭所有產蘋果酒的地方，從不知何時的久遠年月開始，人們便在聖誕節對蘋果樹澆酒，讓它們喝個酩酊大醉，酒水淋漓。

你把蘋果酒倒在樹幹上，讓酒流至樹根，然後開槍，歡呼，大叫大喊。你對未來的蘋果收成和明年的新芽唱歌，向它們敬酒，用去年的豐饒汁液對它們舉杯。

但這個村子可不會這麼做。儘管花葉之船的濃郁果香綠意飄到岸上，使他們夢境清新，但大腦前端的記憶入口港有移民局官員把守，察覺到這批貨夾帶違禁品，便厲聲喝叱：「禁止上岸！」

一陣沈默的激烈爆炸，綠葉、紅漿果、白漿果、迸裂石榴的濕潤紅種子、櫻桃、花朵紛飛四散；同時散佚風中的，還有一切森林鬼怪、樹精、豐饒女神的充滿樹汁漿液的身體，很久很久以前，他們一度曾有辦法搭上聖誕節的便車。

然後船和船上的一切全部消失。

但此刻第二艘船的通風口開始冒出美味無比的陣陣香氣，再克己自制的人也禁不住在睡夢中愉快地皺起鼻子。這艘船很扁平，無疑是派餅盤的形狀，隨著它逐漸接近岸邊，看得出甲板正是以剛出爐的派皮做成，閃著奶油亮澤，發著蛋黃金光。

5.〔Druidism是西元前後二世紀歐洲一古老宗教，教徒稱為德魯伊(Druid)，行使魔法，熟悉森林動植物，尤尊橡樹及生於橡樹上的槲寄生。〕

事實上它根本不是船，而是一份聖誕派！

此時派皮鼓起，讓一堆熱氣騰騰的貨物滾下水面，有醬汁閃閃發亮的牛腰肉，有串烤天鵝，還有滴著肥油的烤鵝。這艘快活之船的船艏破浪雕像是顆野豬頭，披掛月桂葉串，戴著迷迭香花冠，嘴裡啣一顆烤蘋果，兩耳後插幾枝迷迭香，一缽長了翅膀的芥末在上方盤旋。

在這片新發現的土地上，這段時期充滿飢餓。漂浮的聖誕派比綠葉船靠得離岸近得多，近得足以讓岸頭人家的居民在睡夢中流口水。

但接著他們全都同時想起，絕不可容許焚燒祭品和異教的豬肉、禽肉、牛肉牲禮，於是全體一同翻過身去，堅定地背對來船。

船打了一個轉，兩個轉，然後沈入海底，芥末缽也隨之噗通落水。海面留下一大堆載浮載沈的蜜餞逐漸漂散，就像船難遺骸，最後只剩一顆狀如砲彈、塞滿梅子的舊英格蘭聖誕布丁，大海什麼都吃的胃覺得它口味太重、太難消化，便加以排斥，因此布丁拒絕下沈。

睡夢中的人，不僅擺脫貪食的鬼魂也擺脫消化不良，發出鬆了口氣的嘆息。

現在只剩一艘船了。

夢境的沈默使這幽魂更顯詭異。

這艘船滿載最具體的、約略呈現人形的異教餘緒。桅杆和帆桁掛滿彩帶、紙環串和氣球，但這些俗麗裝飾幾乎全被船上各式各樣的怪人擋住，若有任何人醒著，從岸上就能清清楚楚看見他們身上五顏六色的花俏服裝。

在甲板上前搖後晃、翻滾舞蹈的，是卡頓·馬瑟恨透的那些莽戲演員和扮裝表演者和聖誕舞者，每一個都如同真人大小，但卻加倍不自然。男人塗著胭脂反串女裝，用枕頭墊高胸脯；木屐舞者的木鞋在甲板上踏出無聲霹啪；舞劍人手持木刀劈砍，無聲搖晃著腳踝上的小鈴鐺。以往在家鄉過節時，這些喧鬧作樂之人都受到歡迎，是他們讓「快樂英格蘭」快樂起來！

此刻，可怕呀可怕！他們的船愈來愈靠近這神聖海岸了，彷彿一心要強迫這些聖人慶祝聖誕節，不管他們願不願意。

教會不承認的那位聖喬治也在船上，一身漆成銀色的紙盔甲，他的宿敵土耳其騎士頭上綁著方格桌布充當纏頭巾。兩人用木棍鬥劍，一如在故國的每個聖誕節，挨家挨戶表演，這齣莽戲本身遠比後來它據稱慶祝的耶穌降生要古老得多。

莽戲的劇情如下：聖喬治與土耳其騎士打鬥，最後聖喬治打倒土耳其騎士。接著醫師提著黑包包上場，又把他救活——這對死亡與復活是多麼令人震驚的取笑戲仿。（復活叫做 resurrection，又可稱為 revivification，端視信仰程度如何而定，當然，也視對何者的信仰程度如何而定。）

船上這些歡慶表演的主子是「昏君大人」[6]，他是舊聖誕的小丑王子，起源於時間的深深海底。他的臉用煤炭塗黑，鬆垮長褲屁股後縫著小牛尾巴，而褲子老是往下掉，讓人驚鴻一瞥他毛乎乎的屁股再拉起來。他拿著一只充氣的尿脬，高高興興用來打四周跳舞的人的頭。他是真正的古董，遠在聖誕節有半點蹤跡之前便已出現，跟那早已存在的仲冬節慶一樣古老，甚至更老。

他的後代整年活在馬戲團裡。他是歡笑、混亂與怖懼。聖誕老人是他的私生子，但他與之斷絕關係，因為聖誕老人不夠猥褻。

羅馬人慶祝一年轉變樞紐的冬至時，昏君大人便已在場了。羅馬人叫它「土星節」，節慶期間由奴隸作主當家，一切都上下顛倒，一切在鬼船當時的麻州幾乎都會被視為違法，說不定今日依然。

然而從俗麗裝飾的甲板傳來的是一則非常非常古老的訊息：聖誕節的十二天期間，百無禁忌，諸事皆宜。

快樂聖誕是卡頓・馬瑟最可怕的夢魘。

*

就算村民的夢境感染了一點快樂，他們體驗到的也不是樂趣。他們給蔬菜驅魔，殺死野獸，在此處他們不會容忍不理性的胡鬧；以往，在彼處，這種歡鬧標示著一年中的顛反季節，當夜晚比白晝長，河水不流動，太陽落下海平面之後好

6.〔Lord of Misrule，歐洲古代新年狂歡活動「愚人宴」（Feast of Fools，參見下一篇〈在雜劇國度〉）中玩笑選出的頭頭。〕

像再也不會升起。

村子發出沈默的叫喊：去！汝等速離此地！

胡鬧之船打了一個轉，兩個轉，三個轉。然後沈沒，整船酒神後裔一同消失。

但在即將沒頂之際，昏君大人抓住仍漂在水上的聖誕布丁。這聖誕布丁上裝飾著冬青，滿肚子醋栗、葡萄乾、杏仁、無花果，圓圓球體內塞滿所有聖誕違禁品。

昏君大人舉起手臂，將布丁朝海岸拋去。

然後，他，也沈下去了。大西洋吞沒了他。月亮西下，雪再度飄落，這一夜與尋常冬夜並無不同。

只不過，第二天一早，太陽還沒出來，所有人起床在黑暗中發抖祈禱時，小小孩們不情願地把腳套進冰冷鞋子，卻發現有多汁的東西擋住腳趾，細看之下，訝異又偷偷歡欣地，每個小孩都發現一枚大如拇指的葡萄乾，又皺又甜，豐潤得彷彿浸過白蘭地，天知道來自何方，但很可能是飛過頭頂的聖誕布丁解體之際從天而降。

在雜劇國度[1]

「看電視看得好無聊。」九重天之上，坐著安樂椅的噹嘰寡婦[2]說著關掉「深夜秀」，調整一下他／她誇張紅胸衣裡的假襯墊。「我要再度下凡到雜劇國度！」

1.〔英國的 Pantomime 繼承許多雜七雜八的表演傳統及現代影響，很難歸類，此處暫譯為「雜劇」。基本上是相當庶民化的劇種，揉合奇幻情節與俚俗趣味，通常在聖誕節次日演出直到三月，內容多以童話故事為本，如文中所提的《阿拉丁》、《灰姑娘》、《傑克與魔豆》等都是傳統戲碼；後來受歌舞秀場興起影響，也包括各式各樣其他表演，如歌舞、喜謔鬧劇、雜耍特技、男扮女／女扮男等等。〕

2.〔噹嘰寡婦（Widow Twankey）是雜劇戲碼中阿拉丁的母親。〕

在雜劇國度裡，
一切都堂皇富麗。

唔，咱們別太誇張——該說「算是有點堂皇富麗」。不如以前了，不過話說回來，什麼東西不是這樣。儘管如此，一切仍色彩鮮豔——事實上挺俗豔的，全是原色，紅啦，黃啦，藍啦。而且全都很過火，所以城堡會比一般城堡有更多塔樓，森林比一般森林更難穿越得多，此外也挺常見的是，乳牛的乳頭和乳房也比正常的牛多。咱們這兒可是多重投影，大量的尖角、枝葉、奶子、屁股。雜劇國度是個頭角崢嶸的世界，要不就很陽具化，要不就是非常庶民的、咄咄逼人的女性化，而這一切背後有某種古老的意義，最糟糕的那種古老，根本就非常骯髒。

但一切也都是二度空間，因此瑪莉安姑娘的家，在雜劇國度的虛構諾丁罕，扁平一如煎餅。雖然門可以打開讓她進屋，但她摔上門時發出的是一聲空洞聲響，整個建築正面都打起哆嗦。羅賓在樓下對她唱情歌，她打開窗戶敏捷地反唇相識，你看到她身後的臥房只有畫出來的床頭在畫出來的牆上。

當然，這裡真正的問題是，在如今這景氣欠佳年頭，慳吝大殿的慳吝男爵，也就是灰姑娘的父親、醜姊姊的繼父，太常擔任雜劇國度的財政部長了。不過即使時至今日，花錢很大方的人物如芭得魯芭嘟公主有時還是會動手管事，於是出現一些很棒的舞台效果，比方一艘三桅大帆船鼓滿帆穿過波濤洶湧的暴風雨，瞭望台邊又打雷又閃電，伴隨這勇敢船隻將狄克．威丁頓和他的貓送出或送回倫敦，配上一連串懷舊的活人靜物，呈現出英國的海上英雄（正在進行新發現或者保護英吉利海峽的英國船隻）如雷利、德雷克[3]、庫克船長和納爾遜，狄克則放聲以女低音唱起「若我有把榔頭」，一群戴面具穿緊身衣的老鼠在旁合唱，來自伊塔莉亞．康提學校[4]。

3.〔雷利(Sir Walter Raleigh, 1554-1618)，英國作家、冒險家，活躍於伊莉莎白一世的宮廷。德雷克應是指 Sir Francis Drake(1540-96)，原為海盜，後改行做冒險家，曾航行世界一周。〕

4.〔英國歷史最悠久的表演藝術學校，由女演員伊塔莉亞．康提(Italia Conti)於一九一一年成立，尤強調歌舞訓練。〕

幻象與轉變，廚房藉薄紗之助變成宮殿，等等、等等、等等。你也知道那種東西。那些都得花錢。而且，有時還摻進一點真的東西，彷彿那才是最大的幻覺；比方真的馬，小跑一下，嘶叫兩聲，以實物大小出現在你眼前。然而「實物大小」是不適合的形容，完全、完全不適合。以觀眾的尺寸標準而言，牠們或許是「實物大小」，但當前台拱架張開，大得像《傑克與魔豆》裡吃人怪物的嘴，那四十匹拉著公主玻璃馬車的馬就顯得跟白老鼠一樣渺小而微不足道。牠們是真的沒錯，但毫不重要，只有哪匹意外拉了坨屎才會引來一陣笑聲或掌聲。

有時會有一隻狗，通常是那種沙色的短毛㹴犬。節目單上會寫著：「汪汪，由自己飾演」，底下緊接著：「香菸，阿布杜拉飾演」。(阿布杜拉後來怎麼了？)汪汪會做所有狗學校教的事——拿東西來，拿東西去，跳火圈——但牠不時會忘記劇本，忘記自己活在雜劇國度，想起牠是一隻真的狗，被丟進一個有穿堂風、味道辛烈、窸窣作響的奇妙世界。牠會跑向前台腳燈，看著抬起充滿期待的臉有如一片雛菊原野的觀眾，呆愣一會兒，然後發出一聲疑問的短吠。

托托掉進奧茲巫師的國度時可不是這樣，唉，這比較像托托掉回了堪薩斯。

汪汪不喜歡這樣。汪汪覺得失望。

然後羅賓漢或白馬王子或不管哪個在雜劇國度乃是——重點在於奶子的「奶」而非「乃」——汪汪名義上主子的人，便會將牠一把抱在懷裡，牠就得救了，就回到了雜劇國度。在雜劇國度，牠可以永生不死。

雜劇國度是未獲承認事物的嘉年華會，被壓抑事物的慶祝節日；在雜劇國度，一切過火，性別可變。

雜劇國度公民簡略一覽

大娘[5]

雙性而自給自足的大娘是雜劇國度的神聖變裝癖者，以各式打扮現身。比方

5.〔Dame，雜劇中的女角，通常由男性扮演，角色類型偏向喜謔的或年長的配角。〕

他／她可能會這樣介紹自己：

「我叫噹嘰寡婦。」然後堅決告誡觀眾：「說的時候要帶著微笑！」因為「噹嘰」押的韻跟——歹勢啦，牧師先生[6]；然後，

很久以前的遙遠年頭，

雜劇國度說話都押韻順溜……

但現在他們說話則都語帶雙關，自成一套語言，表示強調時用的既非重音也非沈音，而是眉毛。雙關語。也就是說，日常對話都被骯髒思想染上了一層豐富色彩。

她／他主演鵝媽媽。《灰姑娘》裡則買一送一，扮演兩個醜姊姊，若把灰姑娘的繼母也加上去，一共三人就更是大贈送。《傑克與魔豆》裡傑克的母親，一旁的乳牛和豆莖更加強大娘「陽具母親」的面向。紅心皇后（偷了些水果餡餅）。《小紅帽》的外婆，被狼——「啊—嗚！」——大口吃掉。他／她在雜劇國度四處

出現，一見到主男[7]（參見後文）就吃吃竊笑，捏著嗓子叫：「女孩們，小心！那裡有個男人!!!」

大頂假髮，兩頰畫兩片圓圓胭脂，睫毛之長更甚乳牛黛西。撐架蓬裙往下滑又左右晃，撐著一大蓬層層襯裙，裡面跑出小狗汪汪咬著一串香腸，顯然是從大娘的下盤拖出來的。

「出去總比進來好。」

他／她跨在舞台上，龐然腳步聲迴響著古老的過去。她／他帶來了神祇化身的神聖怖懼，如阿博美[8]神話中的雌雄同體神祇麗莎．馬隆；尤魯巴族[9]的雷神，可男可女的閃戈大神；穿著女裝、被稱為「奶奶」的剛果祭祀僧侶。

6.〔這裡敘事者本來要說粗話，半途打住。〕

7.〔Principal Boy，雜劇的主角，傳統上由女性反串，戴金假髮，穿短衣、緊身褲、高跟鞋。〕

8.〔Abomey，貝南南部一城。〕

9.〔Yorubas，主要居於奈及利亞西南部及貝南東部。〕

大娘彎下腰，掀起裙子，她有三條長及膝蓋的襯褲，隨心情穿著。一條襯褲是英國國旗花色，代表愛國。第二條是縱橫四分的紅與黑，紀念烏托邦。第三條也是最寬大的一條，猩紅色，屁股上有個標靶，靶心是屁眼，這條襯褲完全獻給猥褻。

哄堂大笑。大喊。叫囂。

她轉身行禮。而且她在褲子裡還塞了根警棍哦，這你可不知道吧？

中古世紀，勃艮地在隆冬（根據古代北歐人的毛毛腿傳說，太陽是被天狼吃掉）舉辦「愚人宴」，以度過那些死氣沈沈的白晝、那些空白的時間縫隙，期間所有男孩帽子上都插著槲寄生；等到天狼重新吐出太陽，已有一個或一群不知名的人把新年脅回現實——骯髒的工作，但總得有人做吧。及至十四世紀，一點也不毛毛腿的勃艮地人當然已經忘記天狼，但他們是否也忘記冬至那段狂歡雜交、不算時間的日子，很久以前亦是「土星節」，是一切顛倒混亂的時間，是「十二月的放蕩」，主人與奴隸互換地位，什麼事都可能發生？

古代勃艮地名為「愚人宴」的仲冬嘉年華，是由一個穿女裝的男人風風光光統治君臨，大家叫他 Mère Folle，也就是「瘋狂母親」。

瘋狂母親轉身行禮，抽出襯褲裡的警棍，所有人全又怕又樂地尖叫，不敢看下去。但當他們再度敢看的時候，只見他╱她露出天使般的微笑，瞧！警棍變成了魔法棒。

嚐嘰寡婦╱紅心皇后╱鵝媽媽拿魔法棒一點乳牛黛西，乳牛黛西開口領著眾人合唱〈在那老公牛和灌木叢旁〉。

野獸

一、《鵝媽媽》裡的鵝是動物角色的哈姆雷特（至少人家是這麼說），內向又悶悶不樂，只有便秘般用力生不出蛋的鳥才會這樣。鵝這個角色充滿各種情緒：對母親全心忠誠；對自己做媽媽這件事感到歡喜開心；為失去一顆蛋而心碎；顫抖害怕各式各樣可能發生的可怕結果，萬一雜劇國度隨時都在雜交的所有可能文本相互交錯——一個故事輕易連上另一個故事，把《鵝媽媽》跟《傑克與魔豆》或

《羅賓漢》送做堆，前者有個拚命吃蛋的怪獸，後者有個愛吃鵝肉的諾丁罕警長。

值得注意的是，儘管鵝跟大娘一樣，是通常（儘管並非總是）由男性反串的女角，但鵝代表的並不是噹嘰寡婦那種誇大戲仿的女性特質。鵝的女性特質是真實的，她完全是個女人，看看蛋在她人生中佔多重要地位就知道了。因此鵝值得有個細緻又充滿同理心的詮釋者，就像日本歌舞伎中扮演女形[10]的演員，顫抖著女性命運的壓抑情緒，能讓你為了和服衣袖天生蘊含的悲哀掉下眼淚。

因為如此，也因為她是所有注意力的最主要焦點，《鵝媽媽》的鵝是最首要的動物角色，甚至超過……

二、狄克·威丁頓的貓：狄克·威丁頓的貓是雜劇國度的史卡拉慕噓[11]，活潑敏捷，人立的時間多過四腳著地，強調他擔任動物世界與人類世界之間的中介角色。他保留了身為不同存在模式間黑暗信差的那種古老曖昧氛圍，卻也是主人最完美的小廝，狄克叫他蹦就蹦、叫他跳就跳。因此他比較不像鵝是第一主角，不過他抓老鼠的動作是推動情節必不可缺的橋段，而且我們很難想像沒有貓的狄克，一如無法想像沒有懷斯的莫坎貝[12]。

值得注意的是，這隻貓雄性得幾乎過火，毫無疑問是公貓，且由男人扮演：就算在雜劇國度，也有些事物是神聖不可侵犯的。公貓是雄性的化身，而……

三、乳牛黛西女性得之徹底，甚至需要兩個男人來演，單單一人扮不成。雜劇中四腳角色的後腿傳統上是吃力不討好的差事，但前半身則有機會大玩各種把戲，調情囉、獻媚囉、眨著那雙長又長的睫毛囉；有時若前後兩人協調合作得夠好，黛西還會跳起踢踏舞，使得她巨大乳房和許許多多垂著晃蕩的乳頭又搖又擺好不猥褻，強調女性性慾特質中一種基礎粗糙的生殖概念，是我們這些不分泌乳汁的人不想被提醒的。（雜劇國度無時無刻不想著泌乳和繁殖。）

如上所言，這粗魯的女性特質需要兩個男人來扮；所以黛西是大娘的平方。

10.〔「女形」（おんながた）漢字又寫作「女方」，為旦角，由男性飾演。〕

11.〔原文 Scaramouche 是法文稱呼，源自義大利 commedia dell'arte（參見《染血之室及其他故事》〈穿靴貓〉註4.）中的 Scaramuccia 此種角色，為誇大好吹嘘的男丑。〕

12.〔Morecambe & Wise 是英國著名的喜劇雙人搭檔，以廣播起家，後成功轉至電視節目，自五〇到八〇年代初都有作品。〕

這三者是雜劇國度最重要的三個動物主角，儘管赫巴大媽（這是個四處遊走的大娘角色，可能出現於任何一劇）總是有狗陪著出場，但通常這狗都由汪汪飾演，而真的動物不算數。人扮的假馬隨時可以出現，假老鼠也不只限於《狄克·威丁頓》，在灰姑娘的廚房亦佔有一席之地，甚至幫她拉馬車。此外還有小鼠和蜥蜴，還有鳥：《林中孩童》需要知更鳥來遮蓋[13]。有時也有鷓鴣[14]。鴨子。你想得到的應有盡有。

雜劇國度還年輕的時候，我指的是它真的很年輕、還沒固定在舞台上的時候，在還有天狼的那個年頭，冬至前後的空蕩黑暗日子被繁衍慶典佔滿——那時候我們不覺得自己與動物有什麼差別。布魯諾熊和菲利貓都置身於我們之中，一同談笑。我們跟動物生活在一起，我們愛牠們，我們嫁給牠們（《美女與野獸》）。鵝、貓和乳牛黛西來自小小孩——那時我們以為自己能跟動物交談——記得的天堂，提醒我們：以前我們曾知道動物與我們同樣有人性，且知道這一點曾使我們更有人性。

主男　好樣兒的！她是雜劇國度最堂皇富麗的一員。

看看那雙手臂！看看那雙大腿！就像樹幹，但是是性感的樹幹。她的大帽子插滿羽毛，輕薄短小的絲綢燈籠褲綴飾亮片。扮演白馬王子，她簡直是純粹華貴光彩的化身，不過若演傑克，她的服裝一開始會稍微比較簡單可親，而狄克就需要先像個倫敦學徒，然後才會試穿市長大人那身狗屁衣服。扮羅賓漢，她會穿綠；扮阿拉丁，東方風味由纏頭巾代表。

你看得出來，她反串男人靠的不是身材——因為她身材仍是傳統的沙漏型——而是靠肢體語言。她走起路來踢著再軍事不過的正步，雙臂大幅揮舞，做出寬大、慷慨、涵括一切的父權手勢，彷彿整個地球都屬於她。她的男性特質有種古老魅力，時至今日甚至還帶點艾德華時代式的悵然嚮往；畢竟，沒有半個像樣稱

13.〔參見《煙火：九篇世俗故事》〈自由殺手輓歌〉註4.。〕

14.〔一種不會飛的大鳥，類似鴕鳥，產於澳洲。〕

職的主男會想扮演「新好男人」。她當初費那麼大勁把自己變成主男，就是為了不想洗碗啊。

由於身材的豐腴曼妙歷歷在目，因此主男總是被稱為「她」，不像更曖昧模稜的大娘。但她的聲音是深沈暗棕，放聲高歌更足以喚醒死人。只要聽過她唱歌，誰，有誰能忘記舊派主男帶領眾人合音，在令人熱血沸騰的軍樂聲中，唱起，比方說，〈昔日軍旅的小伙子何在〉？

說到這，昔日軍旅的主男又到底何在？在這厭食時代，可供拍打的豐厚大腿愈來愈少。如今的女孩是大胸脯沒錯，因為有隆乳手術，但再也沒有發自胸腔深處的嗓音了。以前的主男跟百貨公司的聖誕老人一樣，有著和氣樂天的深沈渾厚男低中音，但雜劇國度現在再也聽不到「呵！呵！呵！」的笑聲。在這瘦巴巴的時代，主男一般看來更像彼得潘，但繁衍慶典要的可不是青春期之前的人物，儘管大量真正的孩童在場，看著並笑著他們不應該知道的事，正是以往繁衍慶典成功的不可或缺要素。

一如大娘，主男是男／女的混合，但她絕非搞笑角色。不。她是令人興奮的、冒險的、浪漫的角色。因此，經過無數冒險，最後她會與主女一同合唱，聲音忽而高亢、忽而宛轉，就像蒙特維蒂[15]《波佩雅加冕典禮》那情慾流動令人難以承受的高潮詠歎調，該劇現在也都總以兩位女士主演，一飾尼祿，一飾波佩雅，因為如今儘管人口爆炸，卻已經沒什麼男性閹伶。當主男與主女展開二重唱，兩人低胸露肩服裝裡的四隻乳房爭相競得所有觀眾的注意力。這確實令人興奮，但可生不出寶寶，除非她們衝去聖誕晚餐的廚房借來擠管。雜劇裡有種與生俱來的電檢審查制度。

但性別問題始終保持模糊，因為你必須記住主男完全是男孩同時也完全是女孩，是一扇兩面可開的門，就像大娘是夏娃母親和老亞當二合一。兩者都是兩面可開的門，是季節轉換之際的杰努斯[16]臉孔，同時向前看也向後看，埋葬過去，繁衍未來；因此這兩者應相互歸屬，因為他們都既是亦非模稜曖昧，而主女（參不見後

15.〔Claudio Giovanni Antonio Monterverdi（1567-1643），義大利作曲家。〕

16.〔Janus，羅馬神話中的門神，有兩張面對反方向的臉。〕

文）不過是個漂亮道具，就算扮演《灰姑娘》和《白雪公主》的領銜主角也一樣。

退休的噹嘰寡婦重出江湖，吃了滿肚子人類學，落在雜劇國度的舞台上。

「我回到人間了，我感覺色迷心竅！」

他／她一個字也不用說。舞台裝飾感受到她沒說出的意思，四處景片都打了個哆嗦。

大娘和主男在中國人開的洗衣店巧遇。阿拉丁拿衣服來洗。兩人就襯褲和小件衣物交換了些揶揄玩笑，互相打量，知道這一次，打從電檢審查制度開始以來第一次，劇本將有所改變。

「我感覺色迷心竅。」噹嘰寡婦說。

沒有交配儀式，繁衍慶典還算繁衍慶典嗎？

但事情沒那麼簡單。因為此刻，哦！此刻蹦蹦馬被忘掉了。現代的角色名單中，陽具母親和大胸脯男孩只能排第二，第一得讓給某個板球選手，那人連拿球棒做些猥褻動作都不會，因為二十世紀末地球已經人口過多，生小孩不是要務，我們比較需要和諧的四隻乳房，因此噹嘰寡婦應該閃一邊去跟赫巴大媽來一下，別再煩阿拉丁了，真的。

人們是否仍相信雜劇國度？

如果你相信雜劇國度，就把兩隻手湊在一起鼓個掌給……

如果你真的相信雜劇國度，就把你的——歹勢啦，牧師先生——

沒有交配儀式的繁衍慶典是……只是雜劇。

噹嘰寡婦回到人間，要將雜劇重建為最初的狀態。

但，鮮紅襯褲和絲綢燈籠褲還來不及脫下，舞台上方便伸下一支鉤子命中噹嘰寡婦雙肩之間，緊緊鉤住她的紅綢胸衣，她大叫大喊，猛踢猛掙露出一雙瘦巴巴小腿，被高高拖回原先的地方，儘管她吵鬧抗議不休，仍被放回死去的星星之間，剩下主男不知如何是好，只能俐落模仿起喬治．馮比[17]，唱起：「哦，密司脫

17.〔George Formby（1904-61），三〇年代英國廣播明星，備受歡迎。〕

吳，且聽我訴……」

昂貝托．艾可說過：「永遠持續的嘉年華是行不通的。」你沒辦法一直維持的，你知道；沒人能。嘉年華、節慶、愚人宴，本質都在於短暫。今天有，明天就沒了，抒發緊繃壓力而非重組秩序，是提神的點心……之後一切都可以繼續，一如什麼事都不曾發生。

事情不會只因女孩穿上長褲或男孩套上洋裝就改變，你知道。土星節一結束，第二天主人又是主人了；性別的假日結束後，又該回去做苦工了……

何況，那些全都是好多年前的事。那時候還沒有電視。

掃灰娘
又名：母親的鬼魂——一個故事的三種版本

一、殘缺的女孩

儘管很容易可讓故事重心脫離掃灰娘，轉移到身體遭受摧殘的繼姊們——事實上，很容易可把這故事想成講的是切除女人身體某部位，好讓她們符合某些規範，某種類似割禮的切砍儀式，然而，故事開頭講的永遠不是掃灰娘或她的繼姊，而是掃灰娘的母親，彷彿這其實是她母親的故事，儘管故事一開始她就即將退出敘事，因為已離死不遠：「一個有錢人的妻子生病，感覺自己快死了，便將她的獨生女喚來床邊。」

注意丈夫／父親的缺席。儘管這女人的身分定義來自與他的關係（「一個有錢人的妻子」)，但女兒卻清清楚楚是她的，彷彿只歸她所有，整個劇情也只關係著女人，幾乎完全發生在女人之間，是兩組女人的爭鬥——擂臺右側，是掃灰娘和她的母親；擂臺左側，是繼母和她的女兒，這兩個女兒的父親沒被提及，不過就文本脈絡和生物需求而言，可以料想確實有這麼一個人。

在兩個女性家庭為爭奪男人(丈夫/父親，丈夫/兒子)而對抗的劇情中，男人看似只是她們狂想的被動受害者，然而他們具有絕對意義，因為那是經濟意義(「有錢人」，「國王的兒子」)。

掃灰娘的父親，老男人，是她們第一個欲望以及爭議的對象；屍骨未寒的亡母一撒手，繼母便將他奪了過來。接著是年輕男人，那個可能的新郎、假定的女婿，兩個母親為了佔有他而戰，把女兒當作戰爭工具或擇偶交配活動的代理人。

若說那些男人，及其代表的金錢，是這兩名成年女子爭奪的被動受害者，那麼這些女孩，三個都一樣，更完全只受母親的意志推動。儘管掃灰娘的母親在故事一開始就死了，但身為亡者只讓她的地位更具權威。母親的鬼魂佔據了敘事，是真正的中心動機，使其他所有事件為之發生。

臨終前，母親向女兒保證：「我永遠都會照顧妳，陪在妳身邊。」故事將告訴你她如何做到這一點。

在母親做出承諾的此刻，掃灰娘還沒有名字，只是她母親的女兒，我們只知道這樣。是繼母取笑地叫她掃灰娘，抹消了她原有的名字(不管那名字是什麼)，將她逐出家庭，趕離眾人分享的餐桌，孤獨一人與爐台灰燼為伴，除去她偶然得之的高尚女兒地位，代之以偶然失之的低下僕人地位。

母親說會永遠照顧掃灰娘，但她死了，父親再娶，給了掃灰娘一個仿母，這母親自己有女兒，愛她們激烈一如亡母生前——且我們將看到死後亦然——愛掃灰娘那樣。

第二樁婚姻帶來惱人的問題：誰才是這個家的女兒?我的!繼母宣布，把新命名為掃灰娘的非女兒趕去掃地、刷洗、睡爐台，她自己的女兒則睡在鋪著乾淨床單的掃灰娘床上。掃灰娘不再被稱為她母親的女兒，也不是她父親的，只剩下一個乾枯、骯髒、餘燼焦炭的外號，因為一切都已化為塵埃與灰燼。

此時假母親睡在真母親死去的床上，並且，據推想，在那張床上與丈夫╱父親交歡，除非這檔事她並不喜歡。故事沒有告訴我們這丈夫／父親在家庭或婚姻中發揮什麼功能，但我們大可推測他跟繼母同睡一張床，因為已婚夫婦都是這樣。對此，真的母親／妻子又能奈何？就算熊熊燃燒著愛、憤怒與嫉妒，她終歸已經死了埋了。

這故事的父親在我看來是個謎。他是否太迷戀新妻子，以致於看不見自己的女兒滿身廚房污垢，睡爐台睡得灰頭土臉，而且整天操勞幹活？就算感覺箇中別有隱情，他也樂於把整齣戲全交給女人去導去演，因為，儘管他總是缺席，別忘了掃灰娘睡的灰燼可是在他的房子裡，他是看不見的環節，將兩組母女連結成一道激烈衝突的算式。他是不移動的移動者，是不為人見的組織原則，就像上帝；也像上帝一樣，某個黃道吉日突然冒出來，引進帶動情節的最重要工具。

此外，若沒有這缺席的父親，就不會有這個故事，因為如此一來便沒有衝突。若她們能暫時拋開己見，友愛地討論一切，一定會聯合起來驅逐父親，然後所有女人都可以睡在同一張床上。若她們決定留下父親，可以叫他負責做家事。

父親引進帶動情節的重要工具是，他說：「我即將出門出差，我的三個女兒想要什麼禮物？」

注意：他的三個女兒。

我想到，繼母的女兒可能根本就是他的親生女兒，就像掃灰娘也是他的親生女兒，她們都是他的——所謂的——「自然」女兒，彷彿合法性本身便不太自然。這樣一來，故事裡的各股勢力可就得重新排列組合。若是如此，他默許另兩個女兒佔上風就比較說得通了，倉促的再婚和繼母的敵意也更有理由。

但如此也會使故事變成另外的模樣，因為提供了動機等等。這表示我得給這些人全提供一個過去，得讓他們成為各有好惡與回憶的立體人物，還得想出他們吃什麼、穿什麼、說什麼。如此將使〈掃灰娘〉改頭換面，把童話故事所需的最簡單線條及典型聯繫公式：「然後……」變成資產階級寫實主義的複雜技巧。他們得學會思考。一切都會改變。

我還是固守原來知道的就好。

他的三個女兒想要什麼禮物？

「我要一件真絲洋裝。」大女兒說。「我要一條珍珠項鍊。」二女兒說。遭遺忘的三女兒要什麼呢，被一時善心叫出來的她，在圍裙上擦乾因家務操勞磨破皮的雙手，帶來一身舊火爐餘氣味？

「我要你回家路上第一根碰著你帽子的樹枝。」掃灰娘說。

她為什麼要這樣東西？她是否其來有自地猜著自己在他眼中多沒價值？或者是否夢境要她使用這道未獲承認欲望的隨機公式，讓盲目機率為她挑選禮物？除非是她母親的鬼魂，難以瞑目，不停尋找回家的方式，藉女孩之口代她說出要求。

他帶回一根榛樹枝，她將樹枝種在母親墳上，以淚水澆灌。樹枝長成榛樹。當掃灰娘前來母親墳上哭泣，斑鳩呢喃：「我永遠不會離開妳。我會永遠保護妳。」

於是掃灰娘知道那斑鳩是母親的鬼魂，知道自己仍是母親的女兒，而儘管先前她哭泣悲號、渴求母親，但現在她的心稍稍一沈，因為發現母親雖死猶存，此後得聽命於母親了。

時候到了，該國又要依例舉辦特殊舞會，國內所有處女都得前來，在國王的兒子面前跳舞，讓他挑選想娶的對象。

斑鳩為此激動欲狂，一心要把女兒嫁給王子。你或許以為她自己的婚姻經驗會教她心存警惕，但沒有，該做的就是得做，一個女孩除了嫁人還能怎麼辦？激動欲狂的斑鳩一心要女兒嫁人，於是飛進屋裡，叼起那件真絲新洋裝，拉出窗外，丟給掃灰娘。接著是珍珠項鍊。掃灰娘用院子裡的幫浦打水好好洗個澡，穿上偷來的新衣首飾，悄悄溜出後門，前往舞會場地，但繼姊待在家裡生悶氣，因為她們沒東西可穿。

斑鳩緊跟著掃灰娘，啄她的耳朵要她舞得更活潑，好讓王子看見她，愛上她，跟在她身後，發現那隻掉落的鞋做為線索，因為，若沒有儀式性地羞辱另一個女人並摧殘她兩個女兒的身體，這故事就不算完整。

尋找穿得下這隻鞋的腳，對於施行此一羞辱儀式是不可或缺的舉動。

另一個女人不顧一切想得到這年輕男人，為了抓住他可以不擇手段。不是少一個女兒，而是多一個兒子：她如此渴望兒子，讓女兒跛腳也在所不惜。她拿起切肉刀，砍下大女兒的大腳趾，好讓她的腳能穿進那隻小鞋。

想像一下。

女人揮舞切肉刀逼近自己的孩子，孩子張皇失措只恨自己不是男兒身，而老女人想要的是比腳趾更重要的身體部位。「不要！」她大叫。「母親！不要！不要動刀！不要！」但刀還是砍了下來，她把腳趾丟進火堆灰燼，之後掃灰娘發現了，為之驚奇，對母愛這種現象感到既敬畏又恐懼。

母愛像屍布圍裹住這些女孩。

王子覺得這哭泣的年輕女子毫不面熟，她一腳穿鞋一腳沒穿，被母親勝利地展示在他面前，但他說：「我答應過要娶任何能穿下這隻鞋的人，所以我會娶妳。」於是他們雙雙騎馬離去。

斑鳩飛來繞著這對新人轉，沒有呢喃或低鳴，而是唱著可怕的歌：「看！看！鞋裡有血！」

王子立刻把冒牌前任未婚妻送回家，對這伎倆感到生氣，但繼母匆匆砍掉另一個女兒的腳跟，立刻把這隻腳塞進空出來的染血鞋，就這樣，信守承諾的王子扶新的女孩上馬，再度離去。

斑鳩又回來嘮叨了：「看！」當然，鞋裡再次滿是鮮血。

「讓掃灰娘試試。」急切的斑鳩說。

於是現在掃灰娘得把腳放進這慘不忍睹的容器，這綻開的傷口，仍然黏稠溫熱，因為這故事的許許多多文本從沒提過王子在幾次試穿之間洗過鞋。赤腳穿上血淋淋的鞋是件苦事，但她母親，那斑鳩，以輕柔呢喃的低鳴催促她，無法違背。如果不能毫無反感地投入這綻開的傷口，她便嫁不了人。斑鳩就是這麼唱的，而另一個欲狂的母親只能無力站在一旁。

掃灰娘的腳小如中國女子的纏足金蓮，就像一截殘株。幾乎已形同截肢的她，將小腳穿進鞋裡。

「看！看！」斑鳩勝利叫道，儘管在掃灰娘穿鞋站起、開始走動的同時，牠暴露出自己的鬼魂身分，變得愈來愈虛幻不實。嘰吱，殘株般的腳在血淋淋鞋裡踩出聲音。嘰吱。「看！」斑鳩唱道。「她的腳正合這隻鞋，就像屍體正合棺材！

「看我把妳照顧得多好，親愛的！」

二、燒傷的孩子

一個燒傷的孩子住在灰燼裡。不，不是真的燒傷——比較算是灼黑，一點點灼黑，像根燒到一半從火裡揀出的木柴。她看來像煤炭加灰燼，因為自從母親死後她便住在灰燼裡，被熱灰燼燒傷，滿身傷痂疤痕。燒傷的孩子住在爐台上，渾身是灰，彷彿仍在服喪。

亡母下葬後，她父親便忘了母親，忘了孩子，娶了以前負責耙掃灰燼的女人，因此現在這孩子住在未經耙掃的灰燼裡。沒人替她梳頭，所以頭髮糾結亂翹像塊毛氈，也沒人替她擦去疤臉上的塵埃，她自己又無心梳洗，只是耙掃灰燼，跟隻小貓睡在一起，分到的食物只有鍋裡燒焦刮下來的部分，吃時獨自蹲在火爐前地板上，模樣不成人形，因為她仍在服喪。

母親雖死了埋了，但當她抬頭看穿土地、看見滿身是灰的燒傷孩子，仍感覺滿懷的母愛心疼。

「去給牛擠奶，燒傷的孩子，把牛奶全提回來。」繼母說。以前她曾耙掃灰燼、負責擠奶，但那是很久以前了，現在這些事都歸燒傷的孩子做。

母親的鬼魂附在乳牛身上。

「喝下這牛奶，快快長胖。」母親的鬼魂說。

燒傷的孩子拉過乳頭飽喝一頓牛奶，然後才提著桶子回去，沒人察覺，於是時間過去，她每天喝牛奶，長胖，長出乳房，長大。

繼母有個想要的男人，她找那人來廚房吃飯，但叫燒傷的孩子下廚，儘管以前都是繼母負責做飯。飯做好了，繼母便趕燒傷的孩子去擠奶。

「我自己想要那個男人。」燒傷的孩子對乳牛說。

乳牛流出更多牛奶，更多又更多，足以讓女孩喝飽、洗臉、洗手。牛奶洗去她臉上的傷痂，現在她毫無燒傷痕跡，但乳牛的身體已空空如也。

「下次擠妳自己的奶吧，」附在乳牛身上的母親鬼魂說。「妳已經把我搾乾了。」

小貓走過。母親鬼魂附在貓身上。

「妳的頭髮需要整理。」貓說。「躺下。」

靈巧貓掌梳開她滿頭亂毛，直到燒傷孩子的頭髮直順披垂，但她的髮實在糾纏得太厲害，完工之際貓爪子已全被扯掉。

「下次自己梳頭髮吧，」貓說。「妳已經把我變殘廢了。」

燒傷的孩子乾淨整潔，但赤身裸體。

蘋果樹上棲著一隻鳥，母親的鬼魂離開貓，附在鳥身上。鳥用喙啄破自己胸口，血源源流出，流在樹下的燒傷孩子身上。鳥血流盡之際，燒傷的孩子有了一件真絲紅洋裝。

「下次自己做衣服吧，」鳥說。「我已經幹夠這些血淋淋的事了。」

燒傷的孩子走進廚房，現身在那男人眼前。燒傷盡除的她成了美女，男人不看繼母了，改看女孩。

「跟我回家吧，讓妳繼母留下耙掃灰燼。」他對她說，兩人雙雙離去。他給她房子，給她錢，她過得挺好。

「現在我可以睡了。」母親的鬼魂說。「現在一切都挺好。」

三、移動的衣裳

繼母拿起燒紅的撥火棒，灼燙在孤女的臉上，因為她沒有耙掃灰燼。女孩去到母親墳上。土裡的母親說：「一定是下雨了。不然就是下雪。否則就是今晚露水很重。」

「沒有下雨，沒有下雪，現在時間太早也沒有露水。是我的眼淚落在妳墳上，母親。」

亡母等待夜色來臨，然後爬出墳墓進屋去。繼母睡在羽毛床上，但燒傷的孩子睡在爐台灰燼裡。亡母親吻她，傷疤消失了，女孩醒來，亡母給她一件紅洋裝。

「我穿這件衣服時，正是妳這年紀。」

女孩穿上紅洋裝。亡母取出眼眶裡的蠕蟲，蟲變成珠寶。女孩戴上鑽石戒指。

「我戴這枚戒指時，正是妳這年紀。」

她們一同來到墳前。

「踏進我的棺材。」

「不要。」女孩說著打了個哆嗦。

「我踏進我母親的棺材時，正是妳這年紀。」

儘管心想這是死路一條，女孩仍踏進了棺材。棺材變成馬車和馬匹，馬匹踏著蹄，急於奔馳離去。

「去闖蕩妳的人生吧，親愛的。」

愛麗絲在布拉格
又名：奇妙房間

此文為讚頌布拉格動畫大師揚・斯凡克梅耶(Jan Svankmayer)及其電影《愛麗絲》(*Alice*)所作

曾經，在布拉格城，冬天。

奇妙房間外，門上掛著牌子寫道「禁止進入」。房裡，房裡，哦，快來看哪！是鼎鼎大名的迪博士。

迪博士雙頰如蘋果，長長白鬍鬚，看來簡直像聖誕老人。他正對著水晶球沈思觀想，那令人畏懼的球體裡包含了一切現在、過去和未來。

那是顆實心玻璃圓球，給人一種輕飄飄的假象，因為你可以一眼望穿它，而我們常誤以為透明就等於輕盈，以為光能穿透的東西必不存在，因此必無重量。事實上，博士的水晶球重得足以造成相當傷勢，而博士的助手，鐵面人奈德·凱利，常一手托球掂掂重量，然後兩手交替拋接，思索著脆弱的中空顱骨，也就是他主人毫無警覺趴在某本古籍上研究的腦袋。

奈德·凱利可以把殺人的事推到天使頭上。他會說是天使跑出了水晶球。每個人都知道球裡住著天使。

水晶球看似：一種眼前房水，結了凍；
一隻玻璃眼，儘管全無虹膜或瞳孔——事實上，正是能人異士可用以看見不可見之事物的那種透明眼睛；
一滴淚，圓形，噙在眼中，因為眼淚只有落下的時候才會呈現梨形，也就是我們說的「淚滴」形；
閃亮的一滴，有時顫動在博士那非常老邁、傾向疲軟、卻仍能持續且看得出

的早晨勃起的尖端，總讓他聯想到

一滴露水，

一滴露水顫危危、永無止盡地即將從尚未綻放的玫瑰花瓣上墜落，因此，就像淚水，純粹藉由拒絕成為自由落體而保持圓形，維持現狀，因為它拒絕變成可能的模樣，與形變恰成對反；

然而，在遙遠的老英格蘭，帶著愉快雙關語的「請務必下榻客棧」[1]招牌上的圖形永遠都是橢圓球體，還裝飾得金光閃閃，因為畫招牌的人為了傳達「下」的意思，必須表現出露水正在墜落的樣子，因而在此不適用於比喻沈甸甸壓在天使般博士伸出的掌心的神秘水晶球。

對迪博士而言，看不見的事物只是另一個沒探索過的國度，一個美麗新世界。

1.〔原文 Do Drop Inn 音同"do drop in"，後者有「一定要進來坐坐」或「沒事路過就來看看吧」之意。〕

十六世紀與十七世紀之交就像鬼屋的門，推起來吱嘎作響又抖動難開。穿過那扇門，望向遠方，或許可以瞥見理性時代的遙遠燈光，但布拉格這疑神疑鬼的妄想之都不會有什麼改變，算命師住在黃金巷的小屋，屋子之小連大尺寸人偶都會嫌擠，而煉金術士巷有某棟房屋只在濃霧中才會顯形。（陽光普照的日子，你看到的是一塊石頭。）但就算在濃霧中，還是只有出生於安息日的人才看得見那屋。

文藝復興像一盞燈在住戶剛遷出的房裡閃爍不定，驟亮，漸暗，終於熄滅。在那時代，世界已突然顯現出令人迷惑的無垠無涯，但由於人類的想像力畢竟仍然有限，我們的腦筋花了一點時間才跟上。法蘭西斯・培根將死於一六二六年，身殉實驗科學，因為他在高門丘用雪塞進死雞肚子看如此能否保鮮時受了風寒；但在浮士德博士曾居於查理廣場的布拉格，旅居異鄉的英國煉金術士迪博士在魯道夫大公的奇妙房間等待天使現身，我們仍摸索著尚未走出前一世紀末。

魯道夫大公將收藏的無價之寶存放在這奇妙房間，迪博士也是其中一項，於是不得不把博士的助手也算進去，那個不堪一提的、戴著鐵面具的奈德・凱利。

魯道夫大公有雙瘋狂的眼睛。這雙眼睛是他靈魂的鏡子。

今天下午很冷，是那種冷得讓人想尿尿的天氣。月亮已經升起，色如燭蠟，隨著天空褪色、夜晚漸至，月亮也愈來愈白愈冷，白得像全世界寒冷的來源，直到那輪冬月升上寒冽天頂，一切都將結凍——不只壺裡的水和墨水池裡的墨汁，還有血管裡的血液和眼前房水。

形變。

厚窗外光禿樹木的樹枝雜亂交錯，看似酒杯用了太多次而出現的微小磨痕，只有把杯子對著光才會看見。大公宅邸的雜亂屋頂和角樓上，厚厚積雪凍成一層硬霜，表面變得硬脆。雪中一隻渡鴉：嘎！

迪博士懂得鳥語，有時自己也說，但鳥說的話多半都很陳腐無聊，渡鴉一再說的不過是：「苦湯姆好冷哪！」[2]

2.〔典出《李爾王》，第四幕第一景。〕

博士頭頂上，低矮天花板掛著一隻飛龜標本。光線暗淡的房裡雜物紛陳，隨便堆在一起形成各種組合，看得見的有一把雨傘、一台縫紉機與一座解剖台，一隻渡鴉與一張寫字桌，還有一隻老人魚，皺巴巴可憐兮兮，成胎兒姿勢擠在標本瓶內，灰髮漂懸在黏黏的保存液裡，臉上五官有點發綠，透過有瑕疵的玻璃看去顯得些許扭曲。

迪博士希望能給人魚找個伴——活的就關在籠裡，死的就裝進瓶子塞上蓋——找個天使給她作伴。

那是深愛奇異事物的年代。

*

迪博士的助手，鐵面人奈德·凱利，也在找天使。他正注視著以煤炭打磨滑亮製成的靈視盤那光可鑑人的表面。天使造訪他的次數比造訪博士多，但，不知為什麼，迪博士看不見凱利這些訪客，儘管他們擠在靈視盤表面，以又高又尖的聲音叫著他們用以溝通的克里歐鳥語。看不見他們讓他很難過。

然而凱利在這方面極具天分，在拍紙簿上記下他們的音調，儘管他自己不懂，博士卻能興奮地解讀出來。

但是，今天，沒門兒。

凱利打呵欠，伸懶腰，感覺天氣壓迫著他的膀胱。

位於塔頂的茅房只是木板門隔起地上一個洞。樓下是另一間茅房、另一個洞，底下是另一間茅房、另一個洞，以此類推，你的排泄物落下另七層茅房、另七個洞，最後掉進遠遠下方的化糞池。天冷使得臭味不太明顯，謝天謝地。永遠孜孜不倦追尋知識的迪博士，計算出屎塊飛落的速度。

儘管在茅房上吊是件簡單輕鬆的事，只需把繩子在樑上綁好，朝下一跳讓重力替你折斷脖子，但凱利不管大便還是小便，從來不讓茅房使他聯想到「長長一墜」[3]，就連讚賞自己那話兒也一刻不敢放鬆，怕大「屌」會使他想起好不容易逃過的「吊」索，因為他在家鄉英格蘭的蘭開斯特曾被判吊刑，罪名是詐欺；還有

3.〔指吊刑。參見《黑色維納斯》〈大屠殺聖母〉註5.。〕

在拉蘭郡，罪名是偽造文書；還有在艾許比德拉祖屈，罪名是信用詐欺騙局。

但在瓦頓勒達爾，他被上枷示眾割掉耳朵，因為在教堂墳地挖屍體進行死靈法術，或者可能是盜墓，所以，為了掩飾缺耳，他永遠戴著鐵面具。三百年後，在一個如今還不存在的國家，將有人依樣畫葫蘆戴起這種鐵面具，像個倒扣的水桶挖出兩條眼縫。

凱利解開褲襠鈕釦，心想不知尿水是否灑落到一半就會結凍，不知布拉格今天是否冷得足以讓他撒出一道尿弧。

沒有。

他扣好鈕釦。

女人恨死了這茅房。幸好鮮有女人來此，來到這魔法師之塔，魯道夫大公收藏奇妙寶藏的地方，他的類博物館，他的 Wunderkammer，他的 cabinet de curiosités，也就是我們提到的*奇妙房間*。

有個理論我覺得頗具說服力，說追尋知識到頭來其實是尋找一個答案，回答這個問題：「出生之前的我是什麼？」

太初有……什麼？

也許，太初有個奇妙房間，就像這一間，塞滿奇異事物；現在房裡的一切都與你禁絕，儘管那房間正是為你量身打造，從時間之初便為你準備好，而你會一輩子努力試圖記起它。

有次凱利把大公拉到一旁，向他推銷一小片太初，那可是善惡知識樹所結果實的一片，凱利宣稱從一個亞美尼亞人手上買來，而那人是在亞拉臘山[4]上找到生長於方舟殘骸陰影裡的它。這小片因時日久遠而變得乾枯，看起來非常像一隻脫了水的耳朵。

大公很快判定這是假貨，認為凱利被耍了。大公可不是好騙的，他只是對

4.〔Mount Ararat，在今土耳其東部近亞美尼亞邊界處，四周皆為高原，與世隔絕。〈創世紀〉八章四節：「方舟停在亞拉臘山上。」〕

一切都有無限求知欲，並且特別願意相信別人。夜裡他站在塔頂，與第谷[5]和刻卜勒一同觀星，然而白天他一舉一動、任何決斷，都得先徵詢頭戴黃道十二宮帽的占星學家，但是那年頭，占星學家和天文學家都很難描述這兩門學問有什麼不同。

他不是好騙的。但他有他的古怪習性。

大公臥房裡用鍊子拴著一頭獅，類似看門狗，但因為獅子屬於貓科而非犬科，或許我們該說牠是一頭巨大的守護貓。大公怕獅子的黃牙，便叫人拔光獅牙，現在那可憐的獸沒法咀嚼，只能靠流質食物過活。獅子把頭枕在腳掌上，做著夢；若此刻能打開牠的腦，你會發現裡面只有牛排的影像。

同時，在垂著帷簾的隱私床上，大公正擁抱著某樣東西，天知道是什麼。不管那是什麼，他辦事的力道之猛，使床有節奏地又震又搖，顛得掛在床上方的鐘亂晃不安，鐘錘叮叮噹噹碰撞鐘壁。

玎玎玲！

這鐘是以魔法合金鑄造而成，帕拉瑟索斯說魔法合金鑄的鐘會招來鬼魂。若夜裡有老鼠啃大公的腳趾，他不由自主的一顛會立刻晃動鐘，叫來鬼魂趕走老鼠；因為那獅雖是自成一類的貓，卻沒有足夠的貓精神，發揮不了一般捕鼠貓的家常功能，不像那隻陪好博士作伴的花斑母貓，不時還會滿懷好意把自己殺死的毛茸茸獵物帶來送他。

儘管鐘響不止——一開始輕聲，然後隨著大公接近旅途尾聲而愈加激烈——卻沒有鬼魂前來。但也沒有老鼠就是了。

一枚裂開的無花果從床上掉到大理石地板，發出筋疲力盡的輕聲啪噠，然後是一串香蕉，軟軟平攤彷彿臣服。

「他為什麼不能像其他人那樣，用肉湊和就行了。」飢餓的獅子埋怨道。

難道大公與水果沙拉進行性交？

5.〔Tycho Brahe（1546-1601），丹麥天文學家。一五九七年接受神聖羅馬帝國皇帝魯道夫二世之聘，至布拉格擔任宮廷天文家，後並雇用刻卜勒為助手。〕

還是卡門．米蘭達的帽子？[6]

更糟。

那串香蕉代表了大公對新發現的美洲的熱中。哦，美麗新世界！布拉格有條街就叫「新世界」。那串香蕉剛從百慕達送來，送的人是熟知他喜好的西班牙親戚。他對怪異的植物特別熱中，每星期都來跟他那些毒參茄交合，那植物疙疙瘩瘩毛扎扎的根來自（大公一想到就爽得打哆嗦）被吊死之人灑漏的精液和尿液。

那些毒參茄舒舒服服住在一座專用的櫥櫃。凱利不太甘願地必須負責每週一次用牛奶一一洗淨它們的根，給它們套上新的亞麻睡袍。凱利不太甘願，因為那些疙疙瘩瘩的根看似一堆堅挺陰莖，他不喜歡碰，想像那些根被清洗照料時吵鬧刺耳地嘲笑他，相信它們奪去了他的男子氣概。

大公的收藏也包括若干精彩的海椰樣本，又叫雙椰，形狀完全、完完全全像女人的私處，一呎長，裂紋裂縫一應俱全，我沒唬你。大公和麾下眾園丁計畫讓這兩種植物交配，在自家溫室裡養出後代——海毒茄或者參椰。（大公本人打定主意一輩子單身。）

鐘聲停，獅子如釋重負嘆口氣，再度把頭枕在沈重巨掌上：「這下我可以睡了！」

帷簾下，床的兩側開始淌下滾滾水流，很快在地上積成深暗、黏稠、青黑色的一攤攤。

但先別急著指控大公做出不堪啟齒的事，用手指沾點那液體舔一舔。真美味！

因為這黏答答的一攤攤是現擠的葡萄汁、蘋果汁、桃子汁、李子汁、梨子汁，或者覆盆子、草莓、熟透的櫻桃、黑莓、黑醋栗、白醋栗、紅……房裡充滿夏日布丁的成熟美味香氣，儘管室外冰封塔上，渡鴉仍啞聲憂鬱叫著：

「苦湯姆好冷哪！」

6.〔Carmen Miranda（1909-55），生於葡萄牙的巴西歌舞明星，尤以其頭戴水果帽的舞台裝扮聞名。〕

這時正值隆冬。

夜來了。夜是個服喪的老寡婦，有黑色大翅膀，前來敲打窗戶，人們用油燈和蠟燭將她阻擋在外。

回到實驗室，奈德．凱利發現迪博士已經打盹睡著，這老頭常在一日將盡之際這樣靠著黑橡木椅背睡去，水晶球已從掌心滾落膝上。此時他在夢中欠動身體，球又從膝上滾落至地，落在燈心草堆上——沒摔壞——發出低悶聲響，那隻小花斑貓立刻迅速伸出右掌擋住它，然後把球當成玩具，左拍右打，最後再施以致命一擊。

凱利嘆口大氣，再度應付他的靈視盤，儘管今天他覺得腦袋空空，編不出什麼。他反諷地想道，就算哪天，就那麼一次，單單一根天使羽毛溜出靈視盤飄進實驗室，一定也會被貓逮住。

當然，凱利知道，這種事是不可能的。

若能看進凱利的腦子，你會發現一台計算的機器。

夜寡婦塗黑窗戶。

突然間，貓發出類似猛力揉紙的聲音，那聲音表示疑問和關注。有老鼠嗎？凱利轉頭看。貓側著頭，認真仔細得連兩隻豎起的耳尖都快湊在一起，正端詳地上水晶球旁某樣東西，乍看彷彿那隻玻璃眼掉了滴淚。

但再看一眼。

凱利再看了一眼，一口氣立刻哽住，變得語無倫次。

貓站起身退開，動作流暢一氣呵成，嘶啐著，尾巴毛直豎，僵硬得像掃帚柄，嚇得連攻擊衝動都被壓抑，眼看一個約小指頭大小的人形冒出水晶球，彷彿那球是個氣泡。

但球並未因那東西穿過而裂開或癟掉，立刻重新封住，仍然保持完整；而那個小之又小的小女孩突然脫離了突然的拘禁，此刻正試著伸展細小四肢，試探四周這新環境是否有看不見的界限。

凱利結結巴巴說：「一定有合理的解釋！」

她剛長齊的恆齒仍顯得有些透明、不甚平整，儘管那些牙小得他根本看不見；她一頭淡金長髮，剪了齊齊的瀏海；她面有怒容，坐直身體環顧四周，顯然不以為然。

貓狂喜地趴下身，撞倒一個蒸餾器，一些仙藥之水浸透燈心草堆流走。博士被這聲響吵醒，看見她並不顯得驚愕。

他以平原鷚的語言優雅地歡迎她。

她是怎麼來的？

她跪在自家客廳壁爐架上，看著鏡中的自己，覺得無聊，便朝鏡子呵氣成一片霧，然後用手指畫出一扇門。門開了。她跳進門裡，有短暫片刻透過魚眼鏡頭看見一間廣大幽暗的房間，只有分岔燭台插的五根蠟燭發出微弱光線，房裡塞滿各式各樣雜物，接著視線被一隻巨貓伸出準備攻擊的爪掌完全擋住，貓掌愈靠愈近、也愈變愈大得恐怖，然後，啪！她就冒出「未來時間」進入了「往昔時間」，因為那圍繞住她的透明物質像泡泡一樣破掉，她由此出現，穿著粉紅連身裙躺在一堆燈心草上，被一個留長長白鬍子的溫柔巨人注視，旁邊還有個男人頭戴煤斗。

她嘴唇動著，卻沒發出聲音：她把聲音留在鏡子裡了。她氣得大哭，雙腳又掙又踢大發脾氣。博士在遙遠的很久以前曾撫養過小孩，便由她盡情哭鬧，直到她累了，坐在燈心草上揉著眼睛抽噎嘟囔，然後他才朝暗淡架子上一個大瓷碗內瞧瞧，從碗裡拿出一顆草莓。

小女孩狐疑地接過草莓，因為它雖不大，卻跟她的頭一樣大。她聞了聞，把它轉來轉去，然後咬了小小一口，在猩紅果肉上留下小小一圈白色。她的牙齒完美整齊。

吃了一口，她便長大一點點。

凱利繼續嘟噥著：「一定有合理的解釋。」

小女孩比較有把握地咬了第二口，又長大一點點。穿白睡袍的毒參茄醒了，彼此咕噥私語。

她終於放心，大口吃掉整顆草莓，但她放心得太早了；此刻她淺金色的頭頂著屋椽，遠在燭光範圍之外，因此他們看不見她的臉，但一滴巨大淚珠落在奈德．凱利的頭盔上發出鏗鏘聲響，然後又一滴。博士尚稱沈著，在他們需要匆忙趕建方舟之前，將一小瓶仙藥之水及時塞進她手裡。她喝下，很快就縮得足以坐在他膝上，一雙藍眼驚奇地瞪著他白如冰淇淋又長如星期天的鬍鬚。

但她沒有翅膀。

成天造假的凱利知道這其中一定有個合理的解釋，但他想不出來。

她終於找回了聲音。

「告訴我，」她說：「這個問題的答案：瞌鍋基泥的總督想辦一場很小的晚宴，便邀了他父親的連襟、他兄弟的岳父、他岳父的兄弟、還有他連襟的父親。請算出賓客的人數。」

隨著她清亮通透如鏡的聲音，奇妙房間裡每一樣東西都顫抖哆嗦，一時間彷彿全是畫在薄紗上的舞台布景，若被亮光照射就會消失不見。迪博士摸著鬍鬚思索。他可以提供許多問題的答案，或者知道去哪裡找答案。他曾經捉住一顆墜落的星——有一片不就放在度度鳥[7]標本旁嗎?讓陽具傾向咄咄逼人、雄性特質倍於常人的毒參茄懷孕,這任務他認為熱中於情色秘術的雜食大公或許辦得到。至於詩人提出的另兩個難解問題[8],答案一定也能透過天使找到,只要你靈視得夠久。

他真的相信沒有任何事物是不可知的。這使他現代。

但是,對這孩子的問題,他想像不出答案。

凱利被迫違反本性,開始懷疑有另一個會破壞他騙局的世界,因此陷入內省思考,根本沒聽見她發問。

然而,這個世界——相對於可以從字典裡變出的那些世界——的魔法只有人為

7.〔原棲息於模里西斯的一種鳥,身體大而笨重,翼小不能飛,現已絕種。〕

8.〔典出鄧恩詩作〈捉住墜落的星〉,開篇向讀者提出若干不可能的任務,包括捉住墜落的星星、使毒參茄的根部懷孕、說出是誰使魔鬼的蹄分岔、教他聽美人魚唱歌等。〕

才可能真實，而迪博士自己當年，鬍鬚還沒這麼白這麼長的時候，在大學裡是「劍橋劇團」的一員，曾在三一學院導演過亞里斯托芬尼斯[9]《和平》的一場有名演出，讓一個雜貨店男孩騎一隻巨大甲蟲高高飛上天，還拎著提籃彷彿要去送貨。

阿爾希塔斯[10]曾用木頭做出一隻飛鴿。據波特洛斯說，紐倫堡有個能人異士做出一隻鷹和一隻蒼蠅，讓它們在他實驗室拍動翅膀飛來飛去，使眾人驚愕不已。古時候，戴達勒斯刻的雕像在重量和水銀流動的作用下會抬手移腿。有偉大智者之稱的「偉哉阿博特斯」[11]曾以黃銅鑄造一個會說話的頭。

這些掙動顫抖彷彿有生命的東西，是否真是活物？這些東西是否相信自己是人？如果是，那麼要相信到何等純粹而強烈的程度，才可能使它們真的變成人？

（在布拉格這勾勒姆[12]之城，形象是可以活過來的。）

博士常常想這些事，認為膝上這嘰哩咕嚕胡扯另一個世界居民的小孩一定是自動機械裝置，天知道從哪裡冒出來的。

此時，標著「禁止進入」的門再度開啟。

它進來了。

它底下有小輪子，搖搖晃晃滑進來，時走時停，頭重腳輕，有如一艘靠發條齒輪運轉的陸行大帆船，桅杆高聳，速度不穩但模樣堂皇，邊前進邊點頭、招手、脫落不重要的表面零星碎片，枝葉窸窣，此刻被石板地一條裂縫卡住，輪子無法克服，整艘船晃動得搖搖欲墜，然後幾乎失控地四散亂飛，搖搖晃晃、喀啦呼咻，驚人笨重的軀體顯然幾乎快崩潰：這天它過了一個辛苦的下午。

儘管它看似離奇地自我推動，但推它的其實是米蘭人阿芹柏多[13]。他一邊撿起

9.〔Aristophanes（c.448-c.380 BC），古希臘著名喜劇作家。〕

10.〔Archytas（c.428-c.350 BC），古希臘數學、哲學、物理學家。〕

11.〔Albertus Magnus（c.1200-80），中古世紀涉獵廣博的學者、神學家，尤以引介希臘及阿拉伯科學、哲學知名。一九三一年獲封聖，為自然科學研究者的守護聖人。〕

12.〔golem 出自猶太傳說的泥偶，將寫有上帝之名的紙捲放進其口中，它便被賦予生命任人指揮。〕

13.〔Giuseppe Arcimboldo（1530?-93），義大利畫家，首創以水果、花葉、物品等組成人像畫，啟發了二十世紀的超現實主義者。〕

掉落的零零碎碎，一邊嘖嘖感嘆它的解體崩垮，又推又搡，偶爾還把它整個扛起來背著走。他全身沾滿它滲漏的漬痕，只等將它放回奇妙房間之後好好洗個澡；房裡的博士和助手會負責加以拆解，直到下次出動。

我們面前的這樣東西，儘管不是、不曾是、也永遠不會是活的，可是確實活動過、也將會再度活動，但不是此刻。現在被推了最後一把之後，它動也不動，輪子停住，機件放鬆，發出最終一聲粗魯的機械嘆息。

一顆乳頭掉下來。博士撿起遞向小女孩。又是一顆草莓！她搖頭。

這東西巨大明顯的第二性徵，顯示它跟這小孩一樣是女性。她住在博士取出第一顆草莓的水果碗裡。大公要她的時候，負責設計的阿芹柏多便將她重新組合起來，把水果安插在籐編框架上，每次都不太一樣，視溫室裡有什麼水果而定。今天，她頭髮主要是綠色的麝香葡萄，鼻子是梨，眼睛是歐洲榛果，臉頰是鏞紅色的蘋果有點皺——沒關係啦！反正大公比較喜歡年長的女人。畫家把她準備好，她看來活像卡門．米蘭達的帽子多了輪子，但她名叫「夏季」。

但現在，真是慘不忍睹！頭髮壓爛了，鼻子壓扁了，胸脯成了果泥，肚皮成了果汁。小女孩極感興趣地觀察這鬼東西，而後再度開口，認真問道：

「如果百分之七十少了一隻眼，百分之七十五少了一隻耳，百分之八十少了一條手臂，百分之八十五少了一條腿：那麼，至少有百分之幾是這四樣全沒？」[ii]

再一次，她難倒了他們。三個男人全努力思索，最後都慢慢搖頭。彷彿小女孩的問題是壓垮駱駝的最後一根稻草，「夏季」現在解體了——縮下、滑下、落下框架，掉進碗裡，四散的水果有些還幾乎完好，彈進她四周的燈心草堆。米蘭人一陣心痛，看著自己的設計解體。

倒不是說大公喜歡假裝這怪模怪樣的玩意是活的，因為非人的東西他都熟；而是他並不在乎她是不是活的，只想把自己的陰莖插進她那人造的陌生當中，也許邊做邊想像自己是個果園，而這場投身於豐美多汁肉體的擁抱（那肉體不是我們一般所知的肉體，可說是活生生的隱喻——「無花果」，阿芹柏多指著那孔穴解釋）、這番與夏季肉體本身的性交，將使他寒冷的王國、窗外的冰雪郊野開花結果，那裡有渡鴉不停嘎聲哀嘆著嚴寒的冬季。

「理性變成了敵人，阻擋我們許多樂趣的可能。」佛洛伊德說。

有一天，當河裡的魚凍死，在冰寒如月的中午，大公將會來找迪博士，瘋狂的眼睛一隻像黑莓一隻像櫻桃，對他說：把我變成一場豐收慶典！

於是他變了。但天氣並未好轉。

凱利有點餓，心不在焉吃掉一枚掉落的桃子，只顧沈思出神，完全沒注意到桃子上的紫色瘀痕；小貓拿桃核玩槌球，博士則想起自己很久以前在遙遠英格蘭的孩子，摸摸小女孩淺黃的髮。

「汝自何處來？」他問她。

這問題使她又開口說話。

「一年開始，甲和乙兩人各只有一千鎊。」她急切宣布。

三個男人轉頭看她，彷彿她即將發布某項神諭般的智慧。她一甩那頭金髮，繼續說。

「他們沒有借錢，也沒有偷錢。到了第二年元旦，兩人之間一共有六萬鎊。

他們是怎麼做到的？」[iii]

他們想不出答案，只能繼續盯著她看，字句在口中化為塵埃。

「他們是怎麼做到的？」她又問一遍，這回語氣幾乎焦急絕望，彷彿只要他們湊巧猜對，她便能堅定又理性地被縮小拋回水晶球，然後由此穿透鏡子回到「未來時間」，或者更好的是，回到她冒出來的那本書裡。

「苦湯姆好冷哪。」渡鴉表示。之後，一片沈默。

註 愛麗絲難題的答案：

i. 一。

ii. 十。

iii. 那天他們去到英格蘭銀行，甲站在銀行前，乙繞過去站在銀行後。〔譯註：英文說兩人「之間」（between the two of them）如何如何，表示兩人加起來一共有多少東西、或者一共達成什麼結果等等；這裡的問答故意採字面直義，指兩人之間的「空間」（也就是銀行）裡有六萬英鎊。〕

問題與答案出自路易斯・卡羅爾《一則糾纏不清的故事》（*A Tangled Tale*, Lewis Carroll, London, 1885）。

發明愛麗絲的是一個邏輯學家，因此她來自胡言（nonsense）的世界，也就是說，來自非識（non-sense）的世界——與常識（common sense）成對比；該世界被邏輯演繹法化約，由語言創造，儘管語言在其中縮減成抽象。

印象：萊斯曼的抹大拉

若要一個女人既是處女又是母親，你需要奇蹟；當一個女人既非處女也非母親，就沒人談奇蹟了。耶穌的母親馬利亞，和聖約翰的母親另一個馬利亞，還有悔罪妓女抹大拉的馬利亞，一起前往海邊。一個名叫法蒂瑪的女僕也跟去了。她們跨進一艘船，丟掉錨，任大海決定去向。海將她們沖上馬賽附近的海灘。

別以為法國南部跟敘利亞沙漠、或埃及、或卡帕多齊亞[1]相比是個輕鬆的選擇，其他的早期聖人同樣因強烈需要獨處而前去那些地方，躲進乾枯貧瘠、不適人居的縫罅，沈思觀想無法言詮的神聖事物。整個地中海沿岸到處都有乾淨方正

1.〔土耳其中部一地區，地形特殊，有早期基督徒避禍自成小社區的遺跡。〕

的白色羅馬城市，只有三位馬利亞偕女僕登陸的地方例外。她們登陸在一大片瘧疾肆虐的沼澤，叫做卡馬格[2]。那裡可不宜人，沙漠還比較有益健康。

但兩位堅毅的母親和法蒂瑪——別忘了法蒂瑪——建起一座小教堂，那地方我們如今稱為「海之聖馬利亞」。她們留在那裡。但另一個不是母親的馬利亞停不下來。她受寂寞之魔的驅使，獨自穿越卡馬格，然後爬過一座又一座石灰岩山巒。燧石割破她的腳，太陽曬傷她的膚。她只吃自動落下樹的水果和漿果，像個恪遵戒律的摩尼教徒。這黑眉毛的巴勒斯坦女人沈默行走，瘦削如飢荒，毛扎扎如狗。

她一直走到聖包姆森林，再一直走到森林中最偏遠的角落。然後她找到一個山洞，停步，祈禱。她不曾再與別人交談，不曾再看見另一個人，長達三十三年。那時候，她已經老了。

抹大拉的馬利亞，穿破布的維納斯。喬治．拉圖爾[3]畫中的女人不是穿破布，但她的寬鬆襯衣粗糙簡樸，足以充當悔罪服，或至少足以顯示穿這種衣服不是為了自我裝飾。領口開得很低，但似乎並沒暴露出肉體本色，反之，那肉體看似更接近燭蠟，被自己的火光照亮，散發光輝。因此可以說，腰部以上，這個抹大拉的馬利亞正走在悔罪大道上，但腰部以下向來是更麻煩的部分，而她穿著一條有問題的紅色長裙。

是以前剩下的華服？還是她只有這麼一條裙子，穿著它賣淫，穿著它悔罪，然後穿著它出海？她是否穿這紅裙一路走到聖包姆？裙子看來不像風塵僕僕，也沒有磨損扯破。那是條豪華的，甚至引人議論的裙子。赤紅的裙子給赤紅的女人[4]。

聖母馬利亞穿藍。她喜歡藍，這顏色因此變得神聖，我們想到的是「天」藍。但抹大拉的馬利亞穿紅，這是激情的顏色。這兩個女人是一對弔詭，互為對方所非。一個是處女，是母親；另一個非處女，沒有孩子。請注意：英文並沒有一個特定的詞可以形容性成熟而不是母親的成年女人，除非這女人用她的性當職業。

2.〔Camargue，隆河（Rhône）出海口處的沼澤三角洲。〕
3.〔Georges de la Tour（1593-1652），法國宗教畫家。〕
4.〔英文「赤紅的女人」（scarlet woman）指妓女、蕩婦。〕

抹大拉的馬利亞是個沒有孩子的女人，所以她前往荒野。另兩個身為母親的留下來建立教堂，供人前往。

但她為什麼把珍珠項鍊也帶去了？你看，就放在鏡前。而且她的長髮梳理得漂漂亮亮。她究竟徹底悔罪了沒？

喬治・拉圖爾的畫作中，抹大拉的頭髮梳得整整齊齊。有時抹大拉的頭髮亂糟糟、毛蓬蓬，像拉斯塔法里教徒一樣。有時頭髮披散在她的毛毛衣上，與之糾纏得難分難解。毛扎扎的抹大拉馬利亞比較容易解讀，在荒野裡自願穿著粗礪外衣，彷彿過去的欲望變成這件毛襯衫[5]，折磨她現今悔罪的肉體。

有時她身上只穿自己的頭髮，這髮多年不見梳子，又長又亂糾結成團，直垂到膝。她拿每夜用以鞭打自己的繩子將頭髮綁在腰間，就成了一件粗礪的罩衫。在這些時候，年輕貌美又淫逸的抹大拉馬利亞，原本是快活的非處女、派對女郎、通姦淫婦——在這些時候她的轉變就大功告成了。她變得又老又怪，變成施洗者約翰的女性版，一個毛扎扎的隱士，穿衣服跟沒穿一樣，超越了性別，抹滅了性，赤裸也變得無關緊要。

現在她完全像柱頂聖人西蒙[6]，也像其他那些能與野獸溝通的山洞獨居者，如聖傑若。她吃香草，喝池水，變成比施洗者約翰更早版本的「林中野人」，看似毛扎扎的恩奇度，出自巴比倫《吉嘎梅許史詩》。這女人曾身穿華美紅裳，一度是罪惡化身，現已退居到一個根本沒有罪惡可能的存在處境，達到動物那種光輝的、獲啟的無罪境界。如今在這新成的飽滿動物狀態中，她已超越了選擇。現在她除了美德別無選擇。

但此外也有另一種看的方法。想想唐納特羅[7]的抹大拉，現存佛羅倫斯——她被荒野的太陽曬乾，飽經風吹雨打，厭食，沒了牙，軀體完全被靈魂殲滅。你幾乎聞得到她身上散發出聖人的臭味——難聞，腥烈，可怖。她熱切無比地擁抱悔

5.〔基督教傳統中，悔罪者穿質地粗礪的毛扎扎刺人衣物。〕

6.〔Simeon Stylites（390?-459），敘利亞聖人，禁慾苦行，居於柱頂小台數十年不下地。〕

7.〔Donatello（1386?-1466），義大利文藝復興雕刻家，被譽為現代雕刻之父。〕

罪的嚴格苦行，你看得出她多痛恨自己早期所謂的「歡」場生活。苦行禁慾對她而言是很自然的演變。雖然你聽說唐納特羅本打算將這黑色雕像鍍金，但那也無法使它的氛圍輕鬆一點。

然而，你可以明白兩百年前某個正遍遊歐洲的啟蒙時代無名氏的那句話——他說唐納特羅的抹大拉馬利亞讓他「對悔罪倒盡胃口」。

悔罪變成了ＳＭ。自我懲罰本身就是獎賞。

但悔罪也能變成媚俗。想想偽經裡埃及的馬利亞的故事：她原是美貌妓女，後來懺悔，剩下四十七年的人生都在沙漠裡悔罪，身上只穿著自己的長髮。她帶去三條麵包，每天早上吃一口，這三條麵包一輩子都沒吃完。埃及的馬利亞乾淨又清新，臉上奇蹟般毫無皺紋，完全未受時間碰觸，一如她的麵包完全未受食慾碰觸。她坐在沙漠裡一塊岩石上，梳著長髮，像個以沙代水的萊茵河女妖。我們可以想像她露出微笑，也許還唱支歌。

顯然，喬治·拉圖爾的抹大拉馬利亞尚未達到悔罪的狂喜境界。事實上，也許他畫的是就快要悔罪的她——早在她出海之前，不過我比較喜歡把這只有一面鏡子裝飾、光禿黯淡的空間想成她的林中山洞。但這是一個仍然打理照顧自己的女人，黑長髮柔滑一如畫軸上的日本女子——她一定剛梳完頭，讓我們想起她是美髮師的守護聖人。她的頭髮是文化的產物，而非完全順其自然。她的頭髮顯示她剛把鏡子用作俗世虛榮的工具。她的頭髮顯示，儘管她對著燭火沈思觀想，這個俗世對她仍有影響。

除非我們看到的其實是她靈魂被吸引進燭火的畫面。

我們在福音書裡遇到抹大拉的馬利亞，她用頭髮做了件不尋常的事。以珍貴油膏按摩了耶穌的腳之後，她用頭髮擦淨那雙腳，這驚人意象充滿如此精準的情慾，藝術家很少畫這場面實在令人意外，尤其是十七世紀，當時宗教的過度虔誠常與情慾分不開。抹大拉，將她的髮，那張她曾用以誘捕男人的美麗的網，當作——唔，當作拖把，抹布，毛巾。其中還有一點點變態的味道。總而言之，正是懺悔妓女會做出的那種俗麗表示。

她梳好頭髮，或許是最後一次，也取下珍珠項鍊，亦是最後一次。現在她凝視燭火，火焰映在鏡中成雙。很久以前，那面鏡子是她營生的傢伙，她就是在鏡中組合自己身上所有的女性元素，拿出去賣。但現在，鏡子不映照她的臉，而使純粹火焰成雙。

我生產的時候想著燭火。歷時十九個小時。起初產痛來得緩慢，相對而言算是輕微，要克服還蠻簡單；但之後產痛愈來愈密集，愈來愈強烈，我便開始集中心神想像一抹燭火。

看著那燭火，彷彿它是世上唯一的東西。看它多麼白熾穩定。白色火焰中心有一團藍色透明空氣，要看的就是那個，要集中心神注意的就是那個。產痛變得密集又快速，我把全副注意力集中在火焰中心那團藍色的空缺，彷彿那是火焰的秘密，彷彿只要我夠專心集中，那也會變成我的秘密。

不久我就無暇再想任何其他東西。那時我已完全沒入那片藍色空間。就連他們終於切開遠在下方的我的身體，讓寶寶以最容易的方式出來，我的注意力仍集中在那火焰之心。

火焰完成任務後，便自行熄滅；他們用大毛巾包住寶寶，交給我。

抹大拉的馬利亞沈思觀想燭火，進入那藍色核心，藍色空缺。她不再是自己，變成了別的東西。

這是最沈默的一幅畫，畫中散發的沈默不是來自鏡中蠟燭背後的黑暗，而是來自與鏡中倒影成雙的蠟燭。兩者一同散播光與沈默，使一個女人恍惚出神，獲得啟蒙。她不能說話，不肯說話。在沙漠，她或許會悶哼，但她將拋開話語，在這之後，在她沈思過燭火與鏡子之後。她將拋開話語，一如她已拋開珍珠項鍊並將收起紅裙。這個新的人，這個聖人，將會自這場燭火交合中誕生。

但這場燭火交合已產生某樣東西，你看，她已經帶在身上。她把它抱在懷裡，就在若她是童貞聖母而非神聖娼妓的話會抱著寶寶的位置，那不是一個活生生的孩子，而是一份死之警告，一顆骷髏頭。

九劃以上

索引

國家圖書館出版品預行編目資料

焚舟紀 ／ 安潔拉・卡特(Angela Carter)原著；
嚴韻 譯. —— 初版. —— 臺北市：行人，2005
[民94]
5 冊；13 x 19 公分
譯自：Burning Your Boats: the collected short
stories.
ISBN 978-957-30694-8-5(全套：平裝)

873.57 94000844

《焚舟紀》第四冊
原著者：安潔拉・卡特
譯者：嚴韻

總編輯：陳傳興
責任編輯：周易正
美術編輯：黃瑪琍
校對：蔡欣怡 、嚴韻

印刷：崎威彩藝

ISBN: 978-957-30694-8-5
2011年06月 二版一刷

出版者：行人文化實驗室
發行人：廖美立
地址：10049 台北市北平東路20號10樓
電話：(02) 2395-8665
傳真：(02) 2395-8579
郵政劃撥：50137426
http：//flaneur.tw

總經銷：大和書報圖書股份有限公司
電話：(02) 8990-2588